目次

政略婚を迫ってきた宿敵御曹司なのに、迸る激愛で陥落させられました

政略婚を迫ってきた宿敵御曹司なのに、迸る激愛で陥落させられました

プロローグ

「いらっしゃいませ。本日は〝おもてなしのお宿　やまぶき〟にお越しいただき、ありがとうございます」

初めて訪れる旅館の入り口で、随分と可愛らしい若女将に出迎えをされる。

「お前が旅館の一人娘の山吹《やまぶき》ももこか？」

いきなり、ぶっきらぼうに聞いてしまう。その時にたまたま当旅館のPR動画を見た。仕事の一環でSNSで様々な旅館やホテルを探している。それを投稿している彼女だと察し、声をかけようとしたのだが、思いの外愛想が悪くなってしまった。

「そうですが……」

彼女が怯えていることに気づき、これ以上は声をかけるのはやめようと思いとどまった。

会話は続かないままに客室に案内された。

「相変わらずの無表情ですね。彼女が怖がってましたよ？」

彼女が立ち去った後に同伴者の笹沼《ささぬま》が意見をしてくる。笹沼は唯一、面と向かって俺に意見をしてくる人物だ。

「仕方ないだろう。元々、愛想笑いも得意じゃないからな」

本来ならば笑みを浮かべて声をかけてみたいものだが、性格上それもできずに硬い表情になってしまう。笹沼に対して嫌味っぽく言い放ち、ノートパソコンを開く。

「慣れない道の運転で疲れましたから、少し休憩しても良いですか？」

「あぁ、構わない。お茶でも飲むか？」

「……はい。どうせ、私が煎れるんですよね？　はいはい、かしこまりました！」

笹沼はぶつぶつと文句を言いながら、客室に用意してあるお茶を煎れ始めた。

この旅館のＳＮＳは、恐らく彼女が投稿しているのだろう。

姿そのものは映り込んではいないのだが、動画の音声には彼女の声らしきものが録音されている。

旅館の周りを彩っている四季折々の景色や、料理なんかも綺麗にアップされていた。

中でも、いつも楽しみにしていたのが、彼女が旅館を紹介している短い投稿動画だった。

「彼女、とても頑張っていましたね。旅館の雰囲気もとても良く従業員のサービス的にも問題はないかと。しかし、建物自体は年季が入ってますので改善は必要ですね」

笹沼も一緒にSNSを眺めながら、そう言葉にした。

「俺も同意見だ。何度か訪れた後に決定しよう」

ぼんやりとノートパソコンから再生される動画を眺める。

「食い入るように何度も見てますね。まさかと思いますが、彼女が気になっていたとか？」

俺の姿を見て、笹沼が心配そうに声をかけてきた。

「はぁ、そんなはずはないだろう。あくまでも仕事としてチェックしているだけだ」

誤魔化すように溜め息を吐き、否定をする。

「……なら、良いのですが。あまり、深入りしないでくださいね。宿泊しに来たのも、ビジネスの一環だということをお忘れなく」

「そんなことは、お前に言われなくとも分かってる」

否定はしたものの、彼女が気になっているのは確かだ。

彼女の見かけからすると、まだ二十代前半から後半にかけてくらいの年齢だろう。

自分よりも十以上も歳下な気がする。そんな彼女が気になるだなんて前代未聞である。

しかし、SNSの中の想像上の彼女よりも、実物の方が落ち着きがあって、可愛らしいと感じた。

心の中が落ち着かずにざわざわしてしまうのは何故だろうか？

自分とは十近く歳が離れていそうだが、そんなことも関係なくなるくらいに彼女を見ていると胸が熱くなる。

今はまだ芽吹いたばかりの気持ちが次第に膨らむまでに、そう時間はかからなかった——

一、運命の出会い

足を運んだことはなくても名前くらいは聞いたことがある、地方の有名な温泉街。

かつては老舗と呼ばれる旅館やホテルが軒並み建っていたが、建物の老朽化も進んだ上に後継ぎもなく、経営状態も下り坂で現在は経営を辞めた者も大勢いる。そんな中、〝おもてなしのお宿　やまぶき〟は経営を続けており、私は売上貢献のために頑張っていた。

私の名前は山吹ももこ。高級老舗旅館〝やまぶき〟を経営する両親の元に産まれた一人娘で二十六歳。

先代から引き継いだ旅館の売上は年々落ちていて、両親はこの宿を畳もうとしている。

売上の他にも建物の老朽化はどうにもならず、建て直しまたはリノベーションをするしか手立てがないのだが、資金繰りが厳しいために難しい問題でもあった。

私は〝やまぶき〟の名を閉ざしたくない一心で、仲居業の他にもＳＮＳに投稿したりと広報活動も頑張っている。

そんなある日、スリムタイプのスーツを格好良く着こなした男性二人組が宿泊をしに来た。

「いらっしゃいませ、本日は〝おもてなしのお宿　やまぶき〟にお越しいただき、ありがとうございます」

玄関先で二人を出迎えた私は、にっこりと笑顔を向ける。その二人はリピーターの桐野江《きりのえ》様たちだった。

二人は今回の宿泊が三回目である。いつも〝桐野江優希也《ゆきや》〟様のお名前で予約が入っていた。

「若女将、こんにちは。毎回、ご丁寧なお出迎えをありがとうございます」

「こちらこそ再びお越しくださりありがとうございます！　お荷物をお預かりいたしますね」

桐野江様と一緒にお越しくださる男性の笹沼様は物腰も柔らかく話しやすい。

しかし、桐野江様は常に無愛想で口数が少ない。

桐野江様は整った綺麗な顔立ちをしているのにもかかわらず、一切笑わない。整えられた眉筋に切れ長の瞳、高い鼻に薄い唇。

まつ毛も長く、美しいと断言できる男性なのだが、視線が鋭く冷酷な雰囲気を身に纏っていた。

私は見られただけで、ゾクゾクしてしまう。桐野江様のような冷たくも美しい容姿の男性は初めてで、会う度に私の心の中を掻き乱す。

私の顔は桐野江様とは対照的に目が丸く、鼻の高さは標準、唇もぽちゃっとしていて童顔である。桐野江様のように整った顔立ちをしていたら、SNSの効果で美人若女将として旅館が今よりも繁盛しただろうか？

いつの間にか、ぼんやりと桐野江様を見てしまっていたようだ。横顔も後ろ姿もとても素敵。ふと桐野江様と目が合ったので「再びご予約くださったのですね。とても嬉しいです」と笑いかける。

桐野江様と視線が重なったのも束の間、話しかけたせいなのか、不意に逸らされる。返事がないまま、受付へと進んでしまった。これも毎度のことなので、気にしないようにしている。

「桐野江さん、無視は駄目でしょう？　もっと愛想を良くしたらどうですか？」

私たちのやり取りに気づいた笹沼様が桐野江様をお咎めするが、当の本人は知らんぷりのままだ。

素っ気ないお客様もたまにいらっしゃるので、桐野江様の態度はあまり気にはしていない。けれども、あの冷たそうに見えるのに、吸い込まれそうになる瞳が目に焼き付いて離れなかった。

〝あんなに綺麗な顔立ちをした男性はなかなかいない〟と、胸が少しずつ高鳴っていく。私はそんな気持ちを秘めたまま、夕食準備に取りかかることにした。

「ももちゃん若女将、桐野江様が呼んでるわよ。ここは私に任せて行ってきてちょうだい」

「え？　桐野江様が？」

夕食に使う各部屋分の食器を準備していた時、私がまだ幼い頃から働いてくれている梨木《なしき》さんがそう言った。梨木さんは自分の母と同年代で、とても気さくで明るい人だ。

私は高校生の頃から手伝いをしていた。以前は名前で呼ばれていたが、正式に旅館で働くようになってからは〝ももちゃん若女将〟と呼ばれている。

「そうよ。女将から言付けがあったの。行ってらっしゃい！」

女将は私の母親である。梨木さんに両手でポンッと背中を押されるようにして、食器棚の前から移動させられた。

今まで桐野江様に個人的に呼ばれたことなどなく、今回が初めてだ。

私は緊張と共に胸が高鳴っていくのを感じながら、客室へと急いだ。

桐野江様と笹沼様の部屋はいつも別々だった。私は深呼吸をしてから襖の前に立つ。

「桐野江様、お待たせいたしました。山吹が参りました」

「どうぞ、入ってくれ」

襖を開けたら、桐野江様は何をしているのだろう？　呼び出しがこんなにドキドキするなんて、桐野江様だからなのかな？　私はそんなことを考えながら、ゆっくりと襖を開けていく。

視界に入った彼はノートパソコンを開き、マウスをカチカチと鳴らして、画面とにらめっこしていた。

客室の中へと足を進めると襖を閉めて、その前に膝を折り正座をする。

「失礼いたします。桐野江様、ご用事でしょうか？」

「いや……、用事はない」

私は桐野江様に尋ねたが、こちらを見ずに用事はないと返された。……だとすると不都合かもしれないと思い、「何かございましたか？」と恐る恐る聞くと「いや、そういうわけではない。この部屋の食事出しを君にお願いしたい」と言われる。

私は桐野江様の切り返しに驚いたが、すぐに返事をした。

「かしこまりました。では、私が担当させていただきます。差し支えなければ私を指名した理由をお聞かせいただけますか？」

リピートしてくれているお客様が仲居を指名することはある。

何故自分が選ばれたのか、不思議に思って興味本位で何となく尋ねてみた。

すると、「今日で訪れるのは三回目になるが、話をしたいと思った」と返答されて、私の胸が跳ね上がる。

まさかのまさか、桐野江様が私と話をしてみたいだなんて……！　素直に嬉しいと思ってしまう私もいる。

「実は……、周辺施設の開発で視察のために訪れている」

周辺施設の開発のための視察ということは、桐野江様は不動産業か建築業のお仕事をしているのかな？

「色んなホテルのSNSやホームページを見ている。もちろん、〝おもてなしのお宿やまぶき〟のSNSも見た」

「わぁ……！　そうなんですね、ありがとうございます」

桐野江様がこの旅館のSNSも見てくださったことに対して、心底嬉しくなる。照れくさいながらも、しっかりとお礼を伝えた。

「食事出しの時にSNSの話や旅館の話を聞かせてくれないか」

「はい、是非ともお話しさせてください」

私はとびっきりの笑顔を桐野江様に向ける。

SNSは宣伝効果を狙って私が勝手にやり始めたことだけれど、桐野江様の目にも留まっていたとは……。

仮に桐野江様も見てくださったことがきっかけで旅館を選んでくれたのならば、きっと他にも同じような方がいるかもしれない。そう思うと私は嬉しくなり、自然に笑みが浮かんでいた。

SNSを始めた当初は声さえも投稿するのが恥ずかしかったりもしたけれど、今は投稿して良かったと心底思う。自分が手がけたことが来客アップに繋がるだなんて、この上ない幸せである。

桐野江様は無愛想で口数が少ない面もあるけれど、広い視野で人柄も見てくれる人物だと思った。

「食事の前にお願いがあるのだが……」

「はい、何でしょうか？」

彼はノートパソコンを操作する手を止め、こちらを見ながら「食事までに時間があるのでコーヒーが飲みたい。部屋に運んでもらえるだろうか？」とお願いをしてきた。私は、「もちろん大丈夫ですよ。美味しいコーヒーを淹れてお持ちいたしますね」と返す。

「ずっとパソコンを操作していると眠くなる。できれば濃いめでお願いしたい」

「かしこまりました。美味しさを損なわない程度に濃いめにしてお持ちいたします」

桐野江様は客室に着いてから、温泉にも入らずにノートパソコンとにらめっこをしながら仕事をしているらしい。私は客室から退出して、コーヒーを淹れるためにお湯を沸かしに行く。

同じ空間に一緒にいただけで、ものすごく緊張した。

指名されただけでもドキドキしたのに、更には二人だけの空間に緊張し、手に汗握ってしまっている。

少し汗ばんだ手を水道で洗い、ドリップ式のコーヒーのストックを厨房角の戸棚から取り出す。コーヒーは地元で大人気のカフェのもので、レギュラー、オリジナルブレンド、深煎りの三種類。

桐野江様は濃いめと言っていたので深煎りを選び、一度カップにお湯を入れて温める。温めたカップにコーヒーフィルターを取り付け、お湯を回し入れると香ばしい香りが鼻を掠めていく。

正直な話、私はコーヒーが苦手で味に詳しくはない。しかし、従業員や他のお客様にも評判が良いので自信を持って桐野江様にお出ししようと思う。

香りは好きなんだけどな。苦味がどうしても苦手。そんなことを桐野江様に知られたら、子どもっぽいと笑われてしまうだろうか？

そんなことを考えながら、淹れ立てのコーヒーを桐野江様の部屋へと運んでいく。

「お待たせいたしました」

襖を開けると桐野江様は変わらず、仕事をしていた。

「ありがとう、ここに置いてくれないか」

桐野江様は私の方を見て、お礼を言ってきた。今、少しだけ微笑んだような気もする。

「かしこまりました」

一瞬の出来事に胸が高鳴り始める。桐野江様の近くまで行き、ソーサーを持ち上げる指に力が入ってしまう。

今までお客様の前で緊張したことなんてないのに、こんなにドキドキしてしまうのはどうしてだろう？

　高鳴る胸を落ち着けながらノートパソコンの横にそっと置いたが、桐野江様は視線も合わせてはくれない。

　でも、この状態で視線が合ってしまうと更に緊張してしまいそうなので、合わないままで良い。

「良い香りだ、濃さもちょうど良い」

「ありがとうございます。地元で大人気のカフェから仕入れています。オリジナルブレンドのコーヒー豆をその場で挽いてもらえますので、お時間がございましたら是非寄ってみてくださいね」

「そうか、笹沼に相談して帰りに寄ってみることにしよう」

　桐野江様はコーヒーを気に入ってくれたみたいだ。地元が販売している物を提供することにより、街の活性化にもなる。

　やまぶきでは地産地消をモットーに食事や飲み物も提供していて、都会のお客様からは好評をいただいている。

「では、失礼いたします」

　私は長居をしないように静かに部屋を出ようとした時、ふと気になることがあったのを思い出した。

桐野江様は来る度にずっとスーツのままで仕事をしている。浴衣に着替えた姿を見たことがなかった。

「そういえば、桐野江様は受付で浴衣はお選びになりましたか？」

客室から出る前に桐野江様に確認する。

「浴衣？　客室に置いてあるだろう？」

何となく不機嫌そうな受け答えだったので、余計なお世話を焼いてしまったかもしれない。

けれども、せっかく旅館に宿泊してくださっているので、仕事の合間に少しでも気分転換をして羽を伸ばしてほしい。

「客室にも置いてございますが、受付にてお好きな柄の浴衣を貸出ししております。せっかく羽を伸ばしにお越しいただいているのですから、気分転換の意味も込めていかがですか？」

「そうか……。なら、適当に見繕って持ってきてくれ」

桐野江様は相変わらずこちらを見ようとはしないが、頼んでくれたということは、私に気を許してくれたのかもしれない。

「かしこまりました、すぐにお持ちしますね」

浴衣を頼まれた私は客室から出て、紺に黒のストライプが入った落ち着いた浴衣を持って戻る。その後はそそくさと客室を出て、再び夕食準備に取りかかった。


並べてある食器に盛られた料理に蓋をして冷蔵庫にしまったり、ラップをかけたりして厨房の手伝いもしていく。私は人手が足りないのもあり、調理はしないまでも簡単な盛り付けや補助をしている。

「若女将、これは海老アレルギーのある方の刺身です。甘海老の代わりにホタテを入れました」

「ありがとうございます」

予約時に申請のあった食材は使用せず、代替えをする。好みの問題以外にもアレルギーもあるため、これは絶対に間違えてはいけない。

私とパートさんも交えて確認しながら、客室の名前を書いた付箋を貼り付けていく。日付や料理名、その他メモを書き込める欄が予めある、厨房専用の付箋である。

「よし、一先ず休憩しますか？」

提供まで冷蔵庫に冷やしておくものや常温のままで大丈夫なものの準備が終わった。

小休憩が終わった後は忙しくなる。

残りはその都度出来立てを提供するため、出来上がり次第に客室へとお出しすることになっていた。

「ももちゃん若女将、お茶でいいかしら？」

「はい、お茶をお願いします。私、事務所に行ってお茶菓子をもらってきますね」

確か、事務所に大袋に入った個包装されたパウンドケーキがあったはずだ。一口サイズのパウンドケーキなので、小腹が空いた時にちょうど良い。

事務所に行き、それを持って戻ってくると「ももこちゃん、おかえり。お茶入ってるよ！」と元気な声で呼ばれる。

私は住み込みで働いている同い年の女の子の隣に座る。

袋を開け、パウンドケーキを取り出して従業員に配った。

従業員には梨木さんのように年上の女性もいれば、自分と同じ年齢の子や歳の近い子もいる。

「桐野江様って、イケメンだし大人の男性って感じで紳士で落ち着いてるよね」

「そうだよね。左手の薬指に指輪はしてないけど、結婚してないのかな？」

私が自分専用のマグカップに注がれたお茶を飲んでいると、隣に座っている同僚の女の子二人が桐野江様の話題を出しては、きゃぴきゃぴと騒ぎ出す。

左手の薬指までは見ていなかったけれど、指輪はしていないのか……。

あんなに堂々として威厳を保ち、尚且つ綺麗な顔をしていて、高身長でモデル体型の男性が未婚なの？　私は口に出さないまでも、そんなことを考えていた。

「やだ、そこまでチェック済みなの？　もしかしたら狙ってる？」

「そ、そんなことないけど！　格好良くて素敵だな、とは思ってる」

「だよね、それは分かる！」

格好良くて素敵という意見に私も大賛成だけれど、若女将としてお客様の話題には触れてはいけないと思っている。

「ねぇねぇ、ももこちゃん！　桐野江様にご指名されたでしょ？　もしかしたら、ももこちゃんのことを気に入って、お嫁に欲しいって言ってきたりして？」

「そうだよね、桐野江様からのご指名なんて初めてだもん！　きっと、ももこちゃんは気に入られてるんだよ」

二人から茶化されるが、私は「そんなはずはない」と適当に躱《かわ》す。

思ってもみなかったことを言われたので、意識してしまう。

桐野江様が私をお嫁さんにもらいたいだなんて絶対にありえないことなのに、胸が高鳴ってくる。

桐野江様は私よりも、もっと年上だということは分かるが、その他は何も知らない。私はただ、桐野江様の外見や振る舞いが気になっているだけで、恋をしているわけではない。例えば、アイドルのように憧れているみたいな、そんな感じ。

私は平常心を保つためにパウンドケーキの包みを開けて、口に入れる。

一口サイズで小さいながらもドライフルーツとほんのりと洋酒の味がして、小腹が少しだけ満たされていく。

二人は桐野江様について盛り上がっていたが、私は交ざらずに温かいお茶を飲み干し、マグカップにおかわりを注ぐ。

「見て見て、桐野江様は手広く不動産業をしてるのよ」とパートの中年層で噂好きの中野《なかの》さんがそう言って、スマホの画面をみんなに見えるように掲げる。みんなそれを食い入るように見ていた。

私もチラリと目にしたのだが、彼女が開いていたのは企業のホームページだった。

みんなは興味を持ち出し、各自で検索し始める。

私はお客様の個人情報だから……と桐野江様のことを調べたりはしなかったのだが、この日はふと誘いに乗ってしまう。

「ももこちゃんも見て、桐野江様は社長なんだって！　顔写真も載ってるから、間違いないでしょう」

隣に座っている同僚の女の子から、先程中野さんが開いていたページを見せてもらう。桐野江様はＫＩＲＩＮＯＥグループという企業の一員で、桐野江不動産の代表取締役社長に就任したと記載されている。不動産業の他に、数々のシティホテルも所有していた。

「今後は桐野江ブランドとしてリゾートホテルや旅館業にも力を入れていくそうよ」

ホームページの情報から抜粋したことを得意気に話している中野さん。仲居仲間たちは相槌を打つ。

「これは噂なんだけど……潰れかけたホテルや旅館を買い取ってるという話を聞いたことがある。もしかしたら、ここも……」

続けて中野さんが意味深にそんな話をすると、仲居仲間たちもざわめく。

じゃあ、桐野江様は旅館を買い取りたいがために、ここに泊まりに来てるの？　私は複雑な気持ちでいっぱいだった。

仲居仲間たちはそのまま盛り上がっている。

この旅館も売上が下がっているのは確かだけれど、桐野江様がそのために目をつけているわけではないよね？

私は急に不安になり、怖くなってきた。

しかし、勝手な憶測にしか過ぎないので、あまり考えないようにしようと思う。桐野江様からそんな話を聞いたわけでもないし、きっと違う。そう信じよう――

十五分間の休憩時間が終わり、桐野江様に夕食を提供する時間になった。厨房内も温かいままでお出しする料理を作り始め慌ただしくなる。私は先程の話は忘れよう、と心に決めて仕事に取りかかることにした。

「桐野江様、温泉に入られたのですか？」

夕食の提供時、客室に入ると桐野江様は私が用意した浴衣を着ていた。落ち着きのある柄がよく似合っている。スーツではない、和モダンの雰囲気な彼にドキッとしてしまった。

「いや、まだだ。夕食後にゆっくりと浸かろうと思っている」

「そうでしたか。夜二十三時半まで、朝は五時から入れますのでゆっくりと疲れを癒やしてくださいませ」

どうやら浴衣に着替えただけみたいだ。

夕食後に温泉に入るとのことで、お酒ではなく冷たい烏龍茶のオーダーを受けた。

「こちらは地元で採れた山菜の釜飯でございます。お時間をいただきますので、先に火をつけさせていただきます。非常にお熱くなりますので、お気をつけくださいませ」

桐野江様の客室に入り、テーブル上に並べられている料理の説明をしてから釜飯の火をつけた。

「その時々で旬の食材を使用しているのか？」

山菜と聞いた桐野江様は、すかさず質問してくる。桐野江様が以前に宿泊した時は秋と冬。季節ごとにメニューを変更していて、秋は栗おこわ、冬は炊き込みご飯だったので、彼が山菜の釜飯のメニューを食べるのは初めてだ。

「はい。仕入れ次第になりますが、今の時期ですと蕨《わらび》や竹の子などが入っております。後ほどお出しいたします天ぷらにも山菜を使用しております」

「採れ立ての山菜は初めてだから、どちらも楽しみだな」

桐野江様は柔らかい笑みを浮かべる。その笑顔に私の心は囚われ始めて、胸の鼓動が速くなっていく。

「ブランド牛のステーキも霜降りなのにくどくなく、美味しい。素材の味を活かして、味付けが薄めなのも良いな」

食事を楽しんでいただけているようで良かった。桐野江様は表情はあまり変わらないが、料理の一つ一つに質問しながら嬉しそうに召し上がってくださっている。

「ももこさんとＳＮＳに載せている写真や動画について、ずっと話がしたいと思っていた」

「お恥ずかしいですが、何なりとお聞きください」

聞くところによると桐野江様は、私がＳＮＳに投稿した動画や写真をほぼ見てくれているらしい。

「では、まず初めに……ももこさんがＳＮＳに投稿するようになったきっかけは何か？」

「きっかけは……売上が。いえ、何でもないです」

桐野江様の旅館買い取り疑惑が出ている今、売上が下がっていることなど知られたくない。私は売上が下がってしまい……と言いかけて口を噤んだ。

「きっかけは可愛いリスを見つけたのが始まりなんです。ご存知の通り、この辺りは山がすぐ近くにありまして、裏手には木々が茂っています。開発された土地にはなりますがリスが木を伝って遊びに来てくれるんですよ」

「リス、か……。その投稿も見たな。しっぽがふさふさしていた」

言いかけたことを怪しまれてはいないようだ。

「そうなんです！　ふさふさで可愛いので、みんなにも見てもらいたくて」

「都会人が自然のリスに遭遇できる確率はなかなか低い。貴重な動画だった。見た人も癒やされただろう」

桐野江様が口角を上げて、ふふっと笑う。

「旅館を交えた季節ごとの写真も素晴らしい。特に紅葉の季節は、圧巻だった。裏手に川があるだろう？　土手に生えている木々が綺麗に紅葉しているのも良い」

「ありがとうございます」

「ももこさんは写真と動画を撮影するのが上手だな」

私は褒められて舞い上がりそうになった。写真にはタッチペンで簡単なコメントを入れている。動画は自分が映っているわけではないが、解説しながら撮影している。

「スマホの性能が良いだけで、私には技術も何もありませんので」

「いや、そんなことはない。多少のブレが入っていたとしても、活き活きしている感じが出てて良い。とても気に入っているよ」

照れくさいので謙遜しながら答えたことに対して、桐野江様は私が上げている動画や写真が好きだと言ってくれた。私の旅館への愛情も伝わってくる、とも。

桐野江様が旅館のことを気に入ってくれて、純粋に嬉しい。

しかし、同僚に買い取りの話をされたことは頭の片隅に引っかかっている。

桐野江様が桐野江不動産の社長なのは確かかもしれないが、買い取りの話は本人から聞いたわけではない。変に勘繰るのはやめておこう。

常日頃から忙しそうなので、今はただゆっくりしてもらいたい。私がおかしな態度を取らなければ、疑っていることを悟られないはずだ。

大丈夫、いつも通りにしていれば――

＊　＊　＊

ノートパソコンを操作するのを中断して、香ばしく良い香りがするコーヒーを口に含む。

大人気のカフェのコーヒーだと彼女が言っていたが、濃さの中に味わい深いコクがある。確かに人気が出るのも納得がいく美味しさだ。

老舗旅館のやまぶきに訪れたのは、今回で三回目だ。

本名の桐野江優希也で予約していたので、珍しい苗字のために桐野江不動産を連想した者もきっといるだろう。

初めて訪れた時に、立ち回りが上手で笑顔がよく似合う女性がいると知った。それが、SNSで知った看板娘の若女将、山吹もこだった。

彼女は毎日のようにSNSに動画や画像を投稿している。

PRをするために自らが客室や温泉などを紹介しているため、動画に顔出しはしていないものの、彼女の声は聞くことができた。

ハスキーボイスでもなく、甲高い声でもなく、耳にすんなりと入り込んでくる柔らかな高さの声で、聞いていると自然に親近感が湧いてくる。

〝やまぶき〟を三回訪れている目的は、この地域周辺を調査するための宿泊先に選んだのがこの旅館で、それがきっかけになった。

インターからもさほど遠くなく立地条件も良い。更には従業員の接客もレベルが高く、買収するにしても従業員にも継続して働いてほしいと思うようになった。

この旅館はとても素晴らしいのだが、建物は年季が入っていて建て直しが必要だと感じている。

初めて訪れたのは紅葉シーズンの平日。ネット予約をしたのだが、その時から空室はあり、客足はあまり増えていなさそうだ。旅館の中庭も手入れが行き届いていて木々が綺麗に紅葉していた時期で、平日ということで若干の影響は受けるだろうが、それにしても繁忙期にしては客入りが少なかった。

次に訪れたのは雪が降っていた二月の土日。シーズンオフということもあり、価格は繁忙期の半値くらいだろうか？　その価格設定ということもあり、普段はなかなか宿泊に手が出ない層で予約は半数くらいはあったようだが、雪の影響で当日キャンセルが相次いだ。そして予約が私たちを合わせて二件まで減っていたようだった。

この辺りは雪も多く、冬は旅館やホテルの客足が元々、極端に減るそうだ。

新幹線と電車、バスを駆使して来てもさほど大変とは思わない立地にあるが、降雪ありとの情報を得た車派の客はどうしても躊躇してしまうだろう。特に首都圏から来ている客はスタッドレスなど履いておらず、予約すらしないかもしれない。交通事情があるので、冬の時期はそれも致し方なく思う。

三回目の本日、世間一般では五月の大型連休と呼ばれている日に予約をした。新緑が陽の光に照らされ、心地良い春風と共に揺れている。ふんわりと優しい陽射しが過ごしやすい季節だが、大型連休だというのにこの旅館は満室ではないようだ。

五月の大型連休二日目で、どこも満室で予約が取れない状況なのに、宿泊先の予約サイトで確認すると当日でも素泊まりの予約を受け付けている。

明日も明後日も空きがある。連休後には客室料金を値下げしているが、更に空室が目立つ。大型連休を避けて旅行に来る客も多い中、空室は半分も埋まっていない。

そうなると、いくら彼女がＳＮＳで投稿しようが、特別なアクションがない限りはこれ以上の集客は難しいと考えている。

経営者としてではなく、個人的な意見にはなるのだが、とても素敵な旅館なのは確かだ。自分の力により、何とか現状を変えたいとも思うが、こちらにもリスクが生じてくる。

建て直したところで、費用をカバーできるくらいの集客が見込めるのかどうか。ここから先が桐野江不動産の腕の見せどころだと思っている。

「桐野江様、温泉に入られたのですね」

「あぁ、とても良いお湯だった。星を眺めながら源泉かけ流しの露天風呂に入るのは最高だな」

夕食後、少しの間を置いてから温泉へと出向いた。入った帰りに偶然にも彼女とすれ違い、話しかけられる。彼女はトレーの上に冷酒の瓶やビール瓶を数本と、更にはグラスものせていた。

「忙しい時に声がけして悪いのだが……少し、夜風にあたりたいので中庭に入ってもいいか？」

「大丈夫ですよ。ご案内いたしますので、少々お待ちいただけますか？」

「分かった、ここで休んで待っている」

大浴場の前に木でできている長椅子があり、そこに座って彼女を待っていた。彼女は客室に酒を運んだ後も温泉の温度チェックがあるらしく、その仕事を優先してからで良いと告げた。

彼女が戻ってくる間に、自動販売機でペットボトルのお茶を二本購入した。

「大変お待たせして申し訳ございません！　中庭には、こちらからどうぞ」

温泉前の廊下を建物の奥側に歩いて行くと、中庭に繋がる扉があった。扉に案内と注意書きが貼ってある。

「これも、ももこさんが作ったのか？」

目に留まりやすいデザインと色使いで、注意書きの部分も分かりやすい。

「そうです。あまり上手じゃないですけど……」

彼女は、想像からすると旅館内での仕事しかしたことがないだろう。しかし、独学でパソコン操作とデザイン力を身につけ、ここまでレベルの高い案内を作れるとは驚いた。

「どうぞ、こちらの履き物をお使いください。ただ今、除菌もしましたので」

扉を開けた後、下駄箱横に備え付けてある除菌スプレーをサンダルにかけて、足の裏に面する部分をペーパーで綺麗に拭いた。

サンダルを拭き終えると自分の方へと差し出してくれた。拭く時に使用したペーパーは、ゴミ箱には捨てずに左側の袖の中に隠す。

一客としての心遣いだろうが、ここまで丁寧に接客をされて嫌な者はいない。

「ありがとう」

お礼を伝えると彼女は軽くお辞儀をした。履きやすいようにこちら側に向けられたサンダルにそっと足を入れ、中庭へと歩き出す。

扉から地面までには少し段差がある。それに対して廊下と扉の外とを同じ高さにしてあり、靴を脱ぎ履きできる場所から地面までは緩やかなスロープになっていた。

砂の面積が大部分を占めているが、スロープから中庭の中央までに行けるようにアスファルトが続く。車椅子でも充分に降りていける幅があり、配慮もしてあった。

「元々、絵を描いたりデザインを考えるのは得意なのか？」

「得意というほどではないですが、嫌いではないですよ。こういう案内があったら分かりやすいな、とか考えながら作っています」

彼女は照れくさそうに俯き加減で答える。彼女の中での優先順位はお客がファースト。常日頃から色々と考えているんだろうな。

「そうか。分かりやすくて、目を引きやすいデザインだと思う」

「ふふっ、ありがとうございます」

中庭はライトアップされていて、新緑が心地良い風に揺られていた。細かい砂が、歩く度にジャリジャリと音がする。

「入ってしまって良いのか？」

「はい。祖父がまだ現役時代は駄目でしたよ。庭師に頼んで、綺麗に整備していただいて。その上を歩くなんてとんでもないので……」

つまり、眺めるだけの庭だったわけか。

「じゃあ、今は何故、立ち入っても良いことになったんだ？」

「えっとですね、出入り禁止されていた中庭にある女の子が勝手に入り込んでしまったからなんです。自分も砂の上で丸くくるくる描きたいって……」

「それは、とんでもないおてんば娘がいたんだな」

紛れもなく彼女自身のことだと思い、ついつい笑ってしまう。

「き、桐野江様！　笑い過ぎですよ！　実は……庭師の方が円を描くように整備していたのを見て、幼い時に私もやりたいと入り込んでしまったんです」

彼女は俺を見て、慌てて説明をしている。やはり、彼女がおてんば娘だった。

「悪かったな。それで、その子は怒られたのか？」

笑いを堪えながら、顔が真っ赤になっている彼女に問う。

「はい、父母にはこっぴどく叱られましたが、祖父からはあまり怒られませんでした。庭師の方は古くから祖父と付き合いのある方で、二人からは笑われただけで済みました」

「ふふっ、微笑ましいエピソードだな」

彼女は、幼い頃から活発で行動力があったのだろう。そんな彼女だからこそ、この旅館をどうにかしたいと思って必死なのだろうな。

「そ、そうですか？　でも……、そうかもしれませんね。せっかくの立派な中庭だから、散歩しながら見られるようにしようとなり、今では好評をいただいているみたいですよ」

幼い頃を思い出しながら話しているのか、彼女はとても柔らかい笑みを浮かべる。

「この庭は、お金を払ってでも見たいと思えるほどに綺麗に手入れされている。玄関周りも整備されていて、素晴らしい」

中庭の中央部分に松の木があり、それを囲むようにして木々や花々がバランス良く植えられている。

「今は亡き、祖父も庭師も喜びます。〝おもてなしのお宿　やまぶき〟はこれからも二人の遺志を引き継いで、手入れを怠らずに営業していきます」

彼女は凛とした表情を浮かべながら、そう答えた。その答えからは、この旅館の良き伝統を引き継いでいきたいという強い意志を感じる。

「……そうだな。伝統は守るべきだ」

彼女の話によると彼女の祖父も庭師も既に亡くなっている。その後、庭師の後を子どもが継いでいるのだとか。

「随分引き止めてしまったが、あと少しだけ、話をしないか？」

「お話、ですか？」

もっと彼女の話を聞いてみたくなった。初めて彼女を客室に呼び出した時は少しだけこわばったような表情をしていたが、今は違う。

俺と接することに慣れてきたのか、聞き返しながらきょとんとした表情をしている。

まるで、小動物みたいな真ん丸の目でこちらを見上げている。

「お茶を買ってきたんだ。あそこの長椅子に座って、少しだけで良いから話がしたい」

「お受けしたいのですが、他のお客様の目にもとまる場所ですので……！　いや、でも、もう上がる時間ですけども……！」

何故だか、彼女はすごく慌てている。普段の冷静な彼女からは想像できない。

「じゃあ、退勤するのを中庭の長椅子に座って待っている」

「わ、分か……、いや、かしこまりました。退勤したらすぐに参ります」

彼女は俺に一礼をすると、そそくさと中庭から出ていってしまう。ＳＮＳの話に引き続き、今度は世間話を交えながら話をしたいと思った。

長椅子に座りながら、先程の会話を振り返る。もしかしたら、強引な誘いだったかもしれない。彼女と会話するほど、興味が湧いてくるのは何故だ？　旅館のことだけではなく彼女自身について、もっと知りたいと思ってしまっている。

他人に愛情が湧いてしまうと旅館を買収しづらくなる。それは百も承知なのだが、彼女自身のことを教えてほしくなった。彼女と話していると心が温かくなるような気がしているから——

中庭の長椅子に座り、春風の心地よさを感じながらペットボトルのお茶を飲んでいた。たまにはパソコンもスマホも触らず、仕事のことは何も考えずにゆっくりと時の流れを感じるのも良いものだ。

「着替えてから来たので、お待たせしてしまい申し訳ありません」

彼女は勤務中の着物を脱ぎ、丈の長いパーカーに黒のチノパン姿で現れた。着物姿ではない彼女は先程とは違い、仕事中の緊張感が薄れたせいか、年相応に見える。

「着物の時は凛としているが、普段着だと若者という感じがするな」

「それって、褒め言葉ですか？」

「褒め言葉だよ」

彼女は何か言いたそうにしていたが、この件に関してそれ以上は何も言わなかった。

二十代前半だと思っているが、実際は何歳なのだろう？

「仕事終わりで疲れているのに悪かったな」

「いいえ、そんなことはないですよ」

彼女の分のお茶のペットボトルを渡し、隣に座るように促した。

「私の分のお茶までご用意くださり、ありがとうございます。いただきます」

遠慮するかと思っていたが、受け取ってくれて良かった。彼女はペットボトルの蓋を開け、三口くらい飲んだ後に長椅子の上に置く。

「喉が渇いていたので、お茶をいただけて嬉しいです」

「それは良かった」

彼女は、ふふっと可愛らしく笑う。まだ幼さの残る横顔だが、女性特有の優しい雰囲気も兼ね備えていた。

「いつもは何時から何時まで働いているんだ？」

「朝は六時から夜は二十二時くらいですかね？　その日によって若干違いますけど。中抜けの休憩もきちんとしてますよ」

そう言って彼女は笑うけれど、想像するには、きっと休憩時間も他の従業員よりも少ないのだろう。若いからといって働き詰めも良くない。

「休みは？」

「お休みは月七日とかです。シーズンオフの冬場にまとめてもらったりしてますよ」

「そうか……」

経営者側の従業員だから仕方ないと言えば、そうかもしれない。公休の件も改善の余地がありそうだな。従業員も引き取るとしたら、福利厚生にも力を入れよう。

「少し足元が暗いかもしれませんが、裏庭にも行ってみませんか？　裏庭は穴場ですから、他のお客様がいることは稀です」

「裏庭があるのか。是非、行ってみたい」

彼女が案内してくれるという裏庭にお邪魔することにした。中庭から旅館の中に入り、玄関から外に出るようだ。

「こちらをご利用ください」

彼女は中庭で使用した旅館の外履きサンダルを玄関まで持ってきてくれていた。スマートに出されたサンダルに足を入れ、外に出る。

彼女は小ぶりの足にスポーツブランドのスニーカーを履き、外に出て背伸びをするように両腕を夜空に向かって伸ばしている。

「え？　あ、すみません。背筋を伸ばさないと肩こりしちゃうので、いつも仕事終わりにしてて癖になってます……！」

彼女のことが視界に入り、ぼんやりと眺めていた。視線に気づいた彼女は、慌てて伸びをすることをやめた。

「遠慮しなくて良い。仕事は終わったのだから、普段のままで過ごしてくれ」

「……はい。本当にすみません」

「いや、謝らなくて大丈夫だから」

照れくさそうにしている彼女は、こちらを見ずに視線を逸らした。謝ってばかりだけれど、普段からも他人に気を遣い過ぎているのだろうか。せめて、自分の前だけでも気を緩めてほしいと思う。

公休も休憩時間も少ない彼女は、オンとオフの切り替えをきちんとできているのだろうか？　公休日にも仕事のことばかりを考えていそうな気もする。

「明かりはありますが薄暗いので、くれぐれも足元にはお気をつけくださいね」

彼女に案内されるがまま、裏庭までついていく。確かに薄暗く、足元が不安定かもしれない。彼女は〝従業員以外立ち入り禁止〟の札を避けて、通り抜けていく。

「水の流れる音がするな……」

「そうなんです、旅館の裏には川が流れています。傾斜は緩やかですが、降りられないように柵を立てています」

旅館の裏側はライトアップはされているが、眺めるためだけの川らしい。

「昼間は川のせせらぎが聞こえて、涼し気な雰囲気です。事故があるといけませんので、お客様には立ち入らないようにお願いしています」

「明日の朝、この場所に来ても良いか？」

「はい、スタッフに話をしておきますので、他のお客様のいない隙にそっと出入りしてくださいね」

裏庭には充分なスペースがあるので柵などを強化すれば、川を眺めながら楽しめる足湯くらいは作れそうな気がして、実際に実現したら自分でも使用してみたいと思う。

「浴衣、とてもよくお似合いです」

散歩しながら、彼女がそんなことを言ってきた。何気ない一言だが、照れくさくなってしまう。

「普段は浴衣など着ないから、似合うと言われると色んな柄を合わせたくなるな」

彼女の厚意に甘えて、こんなことを口走ってしまった。更に照れくさくなる。

「ふふっ。次回お越しくださる際には予め、似合いそうな柄の浴衣を客室に置いておきますね」

彼女は嬉しそうに微笑みながら、そんなことを言った。

浴衣の件はおもてなしの一環なのだろうが、彼女はよく気遣いができていると思う。彼女のサービスは自分にとっては心地良かった。例えば、中庭に出る時に履き物をさっと除菌してくれたり、誰でも気兼ねなく中庭に出られるように案内を追加したり、些細なことなのだが、彼女なりの心遣いが身に染みて分かる。

ホスピタリティ精神のおもてなしとは何か、考えさせられるきっかけになった。

「夜に川を眺めるなんて、ちょっと不気味でしょうか？」

「あぁ、少し」

薄暗く、木々が鬱蒼としているので余計にそう感じるのかもしれない。彼女は柵に近づき、川を覗き込んでいる。

「旅館の奥には自宅があるんです。ちょうど旅館の左隣ですね。旅館からは見えにくくなってますが、親戚の子たちが泊まりに来ると夜遅くに肝試ししたりしてました」

「肝試し？」

斜面を降りるのは禁止だと言っていたが、どのように肝試しをするのだろうか？気になるところではある。

「自宅から川が見えるこの場所まで歩いて、柵に貼った暗号を見てくるという肝試しです。暗号を書いた人は最後に回り、紙を回収してくるという流れです」

「もしかして、考えたのはももこさんか？」

「えー？　何故分かったのですか？」

中庭のおてんば娘が彼女だとしたら、想像がつく。

「いや、何となく……」

「わ、笑ってますけど！」

自分の答えが正解だと知り、声を出して笑ってしまう。彼女は慌てているが、そんなところも可愛らしい。

「笑い過ぎですよ」

彼女は少し拗ねてしまったのか、ムッとした表情をしている。

「ごめんな、つい笑ってしまった。旅館周りが綺麗に整備されていて、いつも感心していた」

謝ると同時に、この旅館の素晴らしいところを伝えた。

「泊まりに来てくれるお客様の癒やしの場になるように、常日頃から綺麗さを保つようにしています」

「それは経営理念としてとても大切なことだな」

彼女も彼女の両親もこの旅館を愛していて、先代から受け継いだ経営理念も大切にしている。本当に良い旅館だと思う。

「そうそう、このもみじと中庭にあるもみじは私が産まれた時に植えたものです。私と共に成長してきたんです」

彼女はしみじみともみじの木を触りながら、教えてくれた。

「中庭のもみじが赤く色づいたのを見たことがある。とても綺麗で写真にも収めてある」

薄暗い中、彼女が産まれた時に植えたというもみじの木を見る。苗木だったもみじは、今では彼女のように強く美しい立派な木に成長している。

「私も毎年、紅葉が楽しみなんです。あと、祖父が作ってくれた木のブランコもあるんです。作った当時に防腐加工はしてありますが、雨ざらしですので傷みはあります」

ブランコの枠は鉄でできていてしっかりしているが錆がある。椅子の部分は木、吊り下げの部分は縄だが、こちらは損傷が激しそうだ。

「幼い頃はよく乗ってましたけど、大人になってからは乗っていません」

彼女は薄明かりの中、懐かしそうにブランコを見つめている。彼女の祖父が愛情をかけて作ったものなのだろう。

話をしていく中で、彼女が旅館と家族をとても大切に思っていることを確認する。

しかし、老朽化も進んでいるし、旅館の規模ももう少し大きくしたい。そのためにはリノベーションも頭を過ぎるが、あまりしたくなかった。

建て替えの方が長持ちがするし、見積もりを出してみないことには何とも言えないが、メンテナンスも併せると長い目で見ても費用面でもリノベーションの方が高額になりそうな気がする。

本名で予約をしているし、勘の良い従業員は俺が買収の下見に来ていることに気づいているかもしれない。話していくうちに彼女の不安そうな雰囲気を感じ取ってしまった。

「遅い時間までありがとう。またそのうち旅館の話を聞かせてくれないか」

「はい、桐野江様のお好きな時に」

心の中に彼女の旅館を大切にしている純粋な気持ちが浸透していき、感化されていく。さすがに選択肢が建て直しだけでは酷だろうから、リノベーションも考えることにしよう。

「帰りは自宅まで送っていこうか?」

「え? だ、大丈夫です。すぐ近くなので」

すぐ近くとはいえ、暗いし危ないと思ったのだが、あっさりと断られる。遠慮がちな彼女とはここでお別れをして、その場を後にした。

客室に戻り、一日を振り返る。特別、何があったわけではなく、平穏に今日一日が過ぎた。

彼女と話すことにより、温かな気持ちになった。今日は彼女のおかげでとても穏やかな気分になり、日頃の疲れが吹き飛んだ気がしている。

癒やされたことだし、早めに休もうかと布団に入った。目を閉じて、思い出すのは彼女のこと。

彼女の笑顔が繰り返しリピートされている。幸せな気分に浸りながら、眠りについた。

翌日、旅館を出る時に「近いうちにまた来る」と彼女に告げる。

いつもは旅館側に深入りなどしないが、彼女については特別な感情を抱いてしまったようだ。

話せば話すほどに旅館を大切にしている彼女の気持ちがひしひしと伝わってくる。

いつの間にか、仕事以外でも彼女に会いたいと思うようになっていた。

きっかけは事業拡大のために訪れたのが始まりで、仕事をしている彼女は実に印象的だった。細かい心遣いが印象に残っており、好意的に見ていて話をしてみたいと思った。いつもならばそんな風に思わないのに、彼女は特別だった。

指名をすることにより、彼女と話せるだけではなく、旅館についての情報も聞くことができる。情報を得た上で彼女が傷つかない方向への策も考えたい。
二度美味しいようなそんな感じで彼女を指名したが、深みに嵌ったのは自分だった。

二、突如として浮上した結婚話

近いうちに来ると言った桐野江様だったが、二ヶ月を過ぎてもまだ来なかった。

現時点では予約は入っておらず、私は桐野江様を思い出しては胸が苦しくなってしまう。

こんな風に胸が締め付けられるような思いは初めてで、どうしたら良いのかも分からない。

もしかしたら、私は桐野江様に恋心を抱いてしまったのだろうか？

ふとした瞬間に思い出してしまうだなんて、桐野江様のことが忘れられない証拠だと自覚する。

桐野江様の凛とした立ち振る舞いや、整った顔立ちという外見にも惹かれていた私。

それだけではなく、無愛想な表情の合間に見られる微笑みに心を奪われてしまったようだ。

それに加えて私のことを一個人として認めてくれたことも嬉しかった。

私が撮影したＳＮＳの動画や写真を好きだと言ってくれて、更には私の旅館に対する思いを親身になって聞いてくれたことで、桐野江様に対する好感度も上がっている。

しかし、買収の噂があって胸の内のモヤモヤは消えないままだ。


仕事が終わり、旅館の裏手にある自宅に帰宅する。

朝から晩まで働いている私は、一日中、旅館の賄いを食べている。そういうわけで食事の心配もなく、自宅に帰宅すればお風呂に入って寝るだけ。

私はゆっくりと湯船に浸かり、疲れを癒やした。

「ももこ、たまには晩酌でもしない？」

お風呂上がりにお茶を飲もうとキッチンに立ち寄ると、母が声をかけてきた。

「晩酌？お母さん、明日の朝も早いのにお酒飲んで大丈夫なの？」

私も母も飲める口ではなく、お酒に弱い。明日の朝も早起きなので、お互いのことを心配してしまう。

「まぁ、そう言わずに座ってよ。たまにはお母さんだって、お酒を飲んでみたいの。缶チューハイを半分こなら大して酔わないんじゃない？」

私は言われた通りにキッチンの椅子に腰かける。母は冷蔵庫からぶどう味の缶チューハイを取り出して、蓋を開けた。アルコール度数は三パーセント程度だ。

キッチンにあるテーブルには予めグラスが二つ用意してあり、ふんわりとぶどうの甘い香りのする、淡い紫色をした液体が注がれていく。

「グラス一杯のお酒だけど、おつまみがないのは寂しいわね。ちょっと待ってて、笹かまがあったと思うの」

再び冷蔵庫を開ける母。チーズ入りと大葉入りの笹かまぼこの袋を取り出してきて、私にどちらが良い？　と選ばせてきた。

この笹かまは母方の叔母からのお土産だ。私はチーズ入りの袋を選ぶ。

「ノーマルな笹かまも美味しいけど、チーズ入りも美味しいよね」

「そうね。袋のまま食べたのがお父さんに知られたらうるさいから、見つからないようにしましょう」

私と母は個別包装してある笹かまの紙製の袋に切れ目を入れた。手が汚れないように袋に入れたまま、笹かまを少しずつ押し上げながら食べる。

父は板前で、常日頃から食べ方にうるさい。父だったら笹かまも袋から取り出し、綺麗に切り分けて皿に並べてから箸で食べなさいと言うはずだ。

一手間かけることにおいて、心も豊かになるというのが理屈らしい。

二年前に女将をしていた祖母が亡くなり、母は後を継いで女将をしている。〝やまぶき〟は母の実家が経営していて、父は婿養子だ。

祖父は私が中学生の時に亡くなり、代々続いていた旅館業を祖母と母と父の三人で現在まで守り抜いてきた。

「実は桐野江様から今日、ネットから予約があって来週の月曜日にいらっしゃるみたいなんだけど……」

母は缶チューハイを一口飲んだ後に話を始めた。桐野江様は仕事が忙しいせいか、予約はいつもギリギリのタイミングでしている。母は何かを言いたげに語尾を濁したが、私は桐野江様が来ると聞いただけで心を弾ませてしまう。

桐野江様にまた会えるんだ……！　次第に胸が高鳴り、ときめいていく。

「来週の月曜日に桐野江様がいらっしゃるんだね。二ヶ月ぶりだから、お仕事が忙しかったのかなぁ」

私は桐野江様が来てくださることが嬉しくて、グラスの中の缶チューハイをごくごくと一気に飲み干した。自分なりの都合の良い解釈をして舞い上がる気持ちを抑えようとしたが、ほろ酔い気分のふわふわした身体では余計に恋心が増す一方だった。

再び桐野江様に会えたら、今度はこの辺りの人気スポットを教えてあげたいと思っている。

一緒に行けたらどんなに素敵なのだろう？　と考えたりもするけれど、それは叶わないかもしれない。

「ももこ、心の準備が必要だから話しておくわね」

「え？　どういうこと？」

母が突然として、そんなことを言ってきたので驚いて聞き返してしまう。

何だろう？　そんなことを言われたら胸騒ぎがする。きっと良くないことに違いない。そんな気がしている。

「実はね……、桐野江様がこの旅館を買収したいとおっしゃったの」

「え？」

「まだ具体的な話は何もしていないの。経営が苦しかったのもあるし、お父さんとも話し合ったけれど……条件が良ければお受けするかもしれない」

いつの間に両親と旅館の買収の話をしたのだろうと疑問には思ったものの、そんなことよりも気になることがあった。

桐野江様が自分の話を熱心に聞いてくれたのも、この旅館または土地が欲しかったからだと思い知ってしまった。

まさか本当に、しかもこの旅館にそんな話をしにくるなんて……。自然に目尻から、ポロリと涙が流れ出てしまう。

「ごめんね、ももこ。ももこが頑張って立て直そうとしてくれたことはよく分かるの。でも、それでも経営は成り立たなくなってきてしまった」

母が悪いわけではない。ましてや、自分や父が悪いわけでも、誰が悪いわけでもない。ただ、自分の非力さに情けなくなる。

SNSで宣伝しても、実際にお越しくださった方々はほんの僅かだった。

これから先、どんなに頑張ったとしてもより一層、経営が悪化していくのならば、両親が手放したい気持ちも分かる。

思い出がたくさん詰まった旅館が、もしかしたら消えてなくなってしまうかもしれない。

何とか、打開策を考えたいけれど、今は頭の中が真っ白だ。

「気を落とさないでね。この旅館と従業員にとって、最前の方向性を桐野江様と共に模索していきましょう」

母は立ち上がり、泣いている私にボックスティッシュを手渡した。そして、私の背中をゆっくりと優しくさすってくれた。

代々続いてきた旅館を自分たちの代で畳まなければいけなくなるかもしれない両親

に比べたら、ショックは少ないかもしれない。

しかし、辛い気持ちを抑えながらもさすってくれている母の手は温かくて、私の感情は次第に昂っていく。

大好きな旅館を奪われたくない気持ちで、心の中が埋め尽くされる。

そのためにはどうしたら良いのだろうか？　私の恋心は、旅館の買収の話で隅っこに追いやられた——

翌日、この旅館が買収されるらしいという話が職場でも広がっていた。

「ももちゃん、聞いたわよ！　買収されるって……」

「私たちはどうなるのかしら？」

いつもは一番乗りで職場に出勤するのだが、そんな気持ちにもなれずに足取りが重い中で遅刻しない程度の時間に足を運んだ。出勤するなり、私を見つけた仲居仲間のパートさんたちが群がってくる。

「私も昨日聞かされたばかりだから、どうなるか分からないんです。答えられなくてごめんなさい……」

本当は感情を表に出したい。買収なんてされたくない、このまま続けていきたいって。けれども、そんな話を私からしてしまうのはいけないと思いとどまる。私が弱気になっていると心配をかけてしまうばかりだから、気を確かにしっかりしなくては。

「あら、やだ。ももちゃんを困らせるつもりで言ったんじゃないのよ？」

私が落ち込んでいるのを悟ったパートさんが、背中をポンポンと優しく叩く。

「私、本当にその他は何も知らなくて……」

「大丈夫よ、心配しないで。その時が来る前に何らかのアクションはあるでしょうから。とりあえず、目先の仕事をこなさなきゃね」

大丈夫だと言ってはくれているが、パートさんたちの不安な気持ちがひしひしと伝わる。

どこか元気がないような、そんな感じに見えた。

まだ正式には発表されていないが、上役には伝えられたのだろう。それが人づてに従業員にも伝わり、買い取りの話は本当なんだ……と実感が湧いた。

母の話に信憑性がないわけではないが、実際に従業員にも広まってしまったとなると、本当なのだと認めざるを得ない。

昨晩は自分の部屋に戻ってからも涙が止まらなくて、気が済むまで泣いた。

泣き腫らした目が痛いのに、また泣きそうになってしまう。そんな時、梨木さんが私に声をかけてきた。

「ももちゃん若女将、桐野江様は無愛想な感じがするけれど……二人でいる時の表情はとても優しかったわよ」

梨木さんは母と一番仲が良く、長年一緒に働いていたのだから事情も知っているはずだが、私には何も聞いてこない。

気を遣ってくれているのだと思う。

「これは私の長年の勘だけど、桐野江様はこの旅館を悪いようにはしないと思うの。物事が動き出した時、良くない方向に進みそうだったら、ももちゃん若女将も意見したら良いと思う」

「意見？」

私は梨木さんの言葉に対して、はっとした。

「そうよ、ももちゃん若女将はここの経営者の一員なんだもの。意見する権利はある。だから、今はくよくよしない！」

背中をバンバンと叩かれて、我に返った。そうだ、桐野江様が利益のためだけに悪い方向に持っていくとは限らない。もしもその時は、真っ向から戦うつもりでいようと思い直す。

子どもの頃から慣れ親しんだ旅館がなくなるのは悲しい。

まだ全てが終わったわけじゃない。ここからがスタートな気がする。

「梨木さん、桐野江様がいらっしゃった時に直接、話を聞いてみようと思います。聞いた上で、私は私の意見を述べます」

「そうそう、それでこそ、次期女将になる器よ」

梨木さんはにっこりと微笑み、私もつられて笑顔を見せた。梨木さんに声をかけてもらって良かった。彼女と話さなかったら、気持ちが落ちたままで流されるように過ごしていたかもしれないから。

私は私でやれることを精一杯やる。今はそれしかできないから、腐らずに頑張ろうと思った。

次の月曜、梅雨がまだ明けない土砂降りの雨の日。桐野江様は笹原様を連れて宿泊した。先日と同じように、夕飯提供は私を指名し、その前にコーヒーが欲しいと注文された。

「二ヶ月ぶりだな」

「はい、ご無沙汰しておりました」

「コーヒーも以前と変わらずに美味しい」

客室に淹れ立てのコーヒーの香りが漂う。久しぶりに見る桐野江様だが、何やら疲れているような表情をしている。

「この二ヶ月間は忙しく、宿泊する予定が立てられず来られなかった」

そう言った桐野江様はカップを右手で持ち上げて、コーヒーを口に含む。

「……そうですか」

買収の話がなければ、もっと会話も広げられたのだろうか？　買収の段取りなどがあったので忙しかったのではないか。そんな勘繰りをしてしまう。

「元気がないように見えるが……」

私の気持ちに気づいているのか、いないのか。桐野江様は心配そうに声をかけてくる。

「それに、いつもみたいな明るい笑顔がないな」

カップを静かにソーサーの上に置き、ふぅっと小さく溜め息を吐く桐野江様。笑顔がないのは、貴方自身も関わっているからだと言いたい気持ちもある。私は桐野江様の顔を見ることもせず、ずっと俯いたままで正座をしていた。

沈黙が続いているが、下がって良いとも言われない。まるで私は、お殿様に交渉するために一級品を献上しにきただけの商人みたいだ。

気に入らないと怒って他の財産も奪われてしまいそうだ。実際、旅館という財産を奪われそうなのは事実なのだけれど……。

「浮かない顔をしている。二ヶ月も会いに来なかったことがそんなに不満だったのか？」

「え？」

急にそんなことを言われた私は咄嗟に顔を上げた。

「近いうちにまた来る、と言いながら日が空いてしまって悪かったな」

その場で軽く頭を下げられて不意打ちで謝られる。平穏に保たれていた鼓動が急加速してしまう。

「い、いえ……！」

どう受け答えをして良いのかが分からない。私たちはお客様と仲居の関係で、恋人同士ではない。

……けれども、そんな風な意味合いで言っているわけではないのかもしれない。私はひたすら、答えを探しているが見つからなかった。

「今日の夕食提供も、ももこさんにお願いすると女将には話してあるのでよろしく」

「かしこまりました」

冷静な心のままで対応できる自信はないが、承諾する。会う度に桐野江様の話し方が柔らかくなっている気がした。

「それからこの後に従業員の皆さんと話し合いをするので、宴会場まで来てほしい」

「話し合いですか？」

「そう、とても大切な話だ」

何の話かはすぐに察しがつく。買収の話に決まっている。桐野江様はそんな話をするというのに、何も動じておらず、いつも通りに堂々としていた。

「かしこまりました。では、ご夕食の準備をして参ります。コーヒーのカップはご夕食を運んだ時にお下げいたします」

私は高鳴る胸を押さえつつ、客室から立ち去った。


夕食の提供は滞りなく行われた。今回、夕食に割く時間を話にあてたいとのことで通常のメニューよりも品数を減らし提供した。

いつもならば『やまぶきの料理は全て美味しい』と言って残さずに召し上がってくれるが、今日はそんな場合ではないらしい。

きっと旅館の買収の話をしたいからなのだろう。旅館を取り仕切っている両親と役職がついている者たちが予め話し合い用で押さえられていた宴会場へと呼ばれる。

「ドキドキしますね」

「はい、とても。……でも、疑問に思ったことは質問して、後々に悔いが残らないようにしましょう」

事務長が私の隣で小さく呟いた。事務長は母と同い年くらいの男性で、私が幼い頃から働いてくれている。

彼や梨木さんたちが長年働いてくれているからこそ、桐野江様の身の振り方が気になって仕方がない。

万が一、桐野江様が旅館や土地のみを買い取り、従業員はいらないと跳ね除けた時は真っ先に抗議しよう。

みんなは言葉に出すことを躊躇するかもしれないけれど、私には怖いものなんてない。どうせ失うのだとしたら、気持ちを伝えてからでも良いと思っている。

「失礼いたします」

板前の父を先頭にして、呼ばれた従業員と共に私は宴会場に入っていく。宴会場には、桐野江様の他に笹沼様も一緒にいた。

テーブルは中央から奥の上座の方に寄せられ、桐野江様は正座をして待っていた。

笹沼様はその横に正座し、ノートパソコンを操作している。

「忙しい時間にお集まりいただきありがとうございます。折り入って桐野江社長からお話があります」

宴会場に従業員が入ったのを確認した上で、笹沼様はノートパソコンを操作する手を止めて挨拶をした。

「この度はお集まりいただき、ありがとうございます。私は皆様がご察しの通り、桐野江不動産の代表取締役の桐野江優希也です。左隣におりますのが、私の秘書をしています笹沼です」

笹沼様は秘書だったのか。桐野江様が社長だと知った時に笹沼様はどういう立ち位置なのかと気になっていたが、やはり一番の側近だった。

「山吹様には以前お話ししまして、従業員の皆様の耳にも既に入っているかと存じますが、この辺り一帯を買い取って新事業を始めたいと思っております」

桐野江様は表情を一切変えずに目的を伝えてきた。この場にいる従業員は事前に聞かされていたので、取り乱す者はいない。しかし、私自身は取り乱しはしないが動揺はしている。

桐野江様から、はっきりと伝えられると今後がどうなるのかが不安で仕方なくなってしまう。

「具体的にはこの旅館だけではなく、隣二件の土地も買い取り、今まで以上の高級志向のリゾート旅館として生まれ変わらせたい」

何度か訪れていたのも買収が目的だったのだと理解した。噂話を聞いてから、桐野江様が訪れる理由の中で切り離したい部分だった。

桐野江様は以前から、この辺りの潰れた旅館などに目をつけていたに違いない。

「この旅館自体の料理の質やサービスは悪くないが、建物の劣化具合や少ない客足を見て目をつけていた。もちろん、従業員も必要なので、丸ごと買い取らせてもらう予定です」

要件を告げていく桐野江様。

私は「この旅館はなくなってしまうの……？」とつい、ポロリと声を漏らしてしまう。

「建物自体はなくなる。劣化も激しいので建て替え時だとは思う。従業員に関しても、今の条件よりも賃金は上げると約束する」

桐野江様は私の囁き声を聞き逃さず、淡々と返事をした。

建物自体はなくなる、そう言われた私は唖然としてしまう。

頭の中が真っ白になり、そんな中で桐野江様が「後ほど、金額を提示しよう」と提案してきた。

きっと建物だけではなく、旅館〝やまぶき〟の名自体もなくなってしまうのだろう。

代々引き継いできた旅館もなくして、その場所を奪っておいて、両親も働かせると言うの？　そんなのは、あんまりじゃない？

「従業員のみんなが幸せになるのは良いけど、この旅館がなくなるのは嫌！」

感情が溢れ出してしまい、桐野江様に突っかかる。それには桐野江様も驚いたようで、無表情だった顔つきが変化する。

一瞬、目を丸くしつつも、「君の気持ちは分かるが……劣化が進んでいるし建て替えをした方が利益面でも上がると思うのだが……」と冷静に返してくる。

「SNSを見ていたのだって、旅館の土地の権利が欲しかったからでしょ！」

感情的になったら負け。そんなことは知っているはずなのに、ここぞとばかりに心の内が暴走してしまう。

「ももこ、やめなさい。桐野江様に何て口を利くんだ」

一番前の列に正座していた父に注意を受けるが、今ここで聞いておかないといけない気がしている。

「何故、この旅館じゃなきゃ駄目なのか、説明してください！」

私は父の注意を無視して、声を荒らげる。父には睨まれたが、桐野江様は口を開く。

「そうですね、それも説明しましょう。この旅館は立地も交通の便も良い。隣二軒の旅館は潰れたままになっているので、そこも買い取り、規模も大きくしようと思っています」

「隣二軒を合わせれば充分な広さはあるはずです。ならば、そこを使えば良いのでは？」

落ち着こうと息をつき冷静さを保つ。普段とは違う低めのトーンで問いかける。

「それもごもっともですが、隣に桐野江不動産の旅館が建てば、やまぶきはいずれ潰れますよ？　それに我が社が旅館を手がけるのが初めてになるので、話題性もあるでしょう」

桐野江様はかつてないほどの冷たい眼差しを私に向け、言い放った。

「つ、潰れませんよ！　私がそんなことはさせませんから！」

桐野江不動産が手がけたリゾートホテルを調べてみたが、ラグジュアリーで素敵なホテルばかりだ。やまぶきを買い取らず、隣二軒の規模で運営するとしたら……やはり、経営は今まで以上に困難になる。それは分かっているつもりでも、納得がいかないものは納得がいかない。

「ももこ、桐野江様にお任せしてみましょう。役職のついた従業員は納得しているのよ」

母が私を宥めるように優しく声をかけてくる。

「でも……！」

私よりも決断に踏み切った両親の方が辛いはずだ。私が何かを言うよりも先に、

「もう良いのよ、ももこ。ももこはよく頑張ってくれたわ。ありがとう」と母が涙ぐみながら返答する。

「そうだぞ、ももこ。ももこの頑張りは認める。けど、世の中にはどう足掻いても太刀打ちできないこともあるんだ。だから、ここは桐野江様のお力を借りようじゃないか」

先程は暴走気味の私を睨みつけた父も穏やかな表情を浮かべながら、そう言った。両親の心の内が痛いほどに伝わってくる。旅館を失いたくない気持ちは私と同様だ。しかし、経営者という立場的に従業員のみんなを路頭に迷わせるわけにもいかない。穏やかな優しい表情を浮かべていても、心の中ではきっと泣きたくて堪らないんだ。

辛いはずなんだ。

けれども、両親が経営者として桐野江様に意見できないのであれば、私がするしかない。

私には私の若女将としてのプライドがあるのだから——

両親は私の暴走を止めようとしていたが、この後に桐野江様から思いもよらない言葉が告げられる。

「ももこさん、貴方の気持ちはよく分かった。山吹様から経営を任せてもらえる許可は既にいただいている。ももこさんも、この旅館をどうしていきたいのか一緒に考えてくれないか？」

「え……？」

「もちろん、ももこさんが良ければ……の話だが」

桐野江様から告げられたのは、予想外の提案だった。

何だろう？　桐野江様は強引に話を進めているのかと思ったのに、違うのだろうか？

桐野江様から提案されたことは、決して、この旅館を蔑ろにはしないという表れなのだろうか？

私が少し間を置いて、「……分かりました」と返事をすると、今まで黙って話を聞いていた従業員たちがざわめき出す。

私が桐野江様と従業員の間に入ることにより、双方の意見を聞いて話が円滑に進めば良いと思って了解した。

「ももこちゃん、ファイト！　やまぶきの未来はももこちゃんにかかってるよ」

「若女将、頑張れ！　若女将なら、やまぶきの方向性を見間違えないはずだ」

幼い頃から馴染みのある従業員たちが、私にエールを送ってくれる。両親は口出しはせずに、それを見守っていた。

「では、交渉成立ということで、これからの経営戦略会議にはももこさんも同席してもらう」

桐野江様が私に対してオファーをすると、従業員からの歓声が上がる。

「よろしくな、ももこさん」

「……はい」

無表情だった顔つきを崩し、口角を上げて微笑む桐野江様にドキッと心臓の鼓動が高鳴る。もしかしたら、案外すんなりと私の意見を受け入れてくれそうな気もして、少し拍子抜けしてしまう。

けれども、まだ気は抜けない。桐野江様との交渉はこれからである——

翌日の午後一時に再び、話し合いの場が設けられた。旅館側からは両親と私のみが出席している。

「桐野江不動産としては開発の目的もありますが、この温泉地の活性化に繋がると良いなと思っております」

桐野江様から桐野江不動産が旅館をどうしていきたいのかの提案を受ける。活性化に繋がることはとても良いので、そこは賛成だ。

「具体的にももこさんは、この旅館をどうしていきたいのですか？」

お気に入りのカフェのコーヒーを飲みながら、桐野江様は尋ねてくる。

「私は……、思い入れのあるこの建物のままで旅館を残したいんです！」

誰がなんと言おうと意志は曲げたくない。

「あくまでも、この建物にこだわるというわけですね？」

コーヒーの入ったカップをソーサーの上にそっと戻し、桐野江様は表情を険しくした。

「そうです。この旅館は先代から両親が引き継いで、大切に守ってきたんです。それを壊したくはないんです」

私は桐野江様にありったけの思いをぶつける。

「ももこさん、今から申し上げることは貴方にとって受け入れ難いことかもしれません。ももこさんは思い出とビジネスを切り離すことはできませんか？」

「え……？」

「いつまでも思い出にすがっていては、従業員が路頭に迷いかねない。ビジネスに私情を挟むと必ず失敗します。この旅館にとって最適なやり方は何か、今一度お考えください」

悔しい気持ちが込み上げてくる。すんなりと受け入れてくれるなんて、あるわけがなかった。

桐野江様は不動産会社のれっきとした取締役社長であって、旅館の建て直しの相談役ではない。

莫大な費用をかけても利益が出なければ、桐野江不動産自体も損をしてしまう。

「わ、私は……」

自分が生まれ育った、大好きなこの旅館を残したい。そのことだけで頭がいっぱいで、実際には従業員の幸せのことなんて考えていなかったのではないか？

桐野江様の言う通り、ビジネスに思い出という私情を挟んだら成功するとは限らない。

答えが見つからなくて、目頭に涙が溜まっていく。けれども、涙がこぼれないようにぐっと堪える。

「もう一つ伺います。ももこさんは旅館の外観が変わることに抵抗がありますか？」

「外観ですか？」

今の外観を変えるということはつまり、どういうことなのだろう？

「多少、意地悪を言ってしまいましたが、ももこさんのこの旅館に対する熱意は充分に伝わっています。うちの建築士に相談してみないとどうなるかは分かりませんが、リノベーションという方法もあるかな、と……」

「リノベーション？」

リノベーションとは何だろうか？　聞き慣れない言葉に戸惑ってしまう。

「そう、リノベーション。建て替えをせずにリフォームして使用するということです。外見は今のままでは使用しませんが、損傷の激しい部分を修復して旅館を新しくする方法ではいかがですか？」

「えっと……」

答えに戸惑う。外見はなくなってしまうけれど、ニュアンス的には旅館の基礎そのものはそのまま使うということなのだろうか？

「耐久性を調べて建築士と相談した後の決定となりますが、リノベーションの方向性にシフトチェンジしても良いかもしれないとは考えております。しかし、耐久性の検査結果次第ではご希望に添えないことはご了承いただきたい」

桐野江様が旅館のために考えてくださった策を無駄にはしたくない。

買い取られることが決定しているのなら、リノベーションを断れば建て直しになる。

一か八か、可能性にかけてみようかな。

「かしこまりました。私は少しでも、この旅館の面影を残してほしいと思うので賛成します」

私は控えめに挙手をしてから発言をした。

「前向きに検討してくださり、ありがとうございます」

昨日までは建て替えたいと言っていた桐野江様だったが、リノベーションも視野に入れてくれた。桐野江様が私たちの意見をきちんと聞いてくれていることに対して、少しずつ信頼が生まれていく。

「あくまでも私個人の考えですが、旅館をリノベーションして使用し、尚且つ、両親の承諾が取れているのならば権利が桐野江様の手に渡っても構わない……です」

話している途中で生意気なことを言ってしまったことに気づき、語尾になるにつれて声が小さくなってしまった。

「ふふっ、ももこさんの熱意に負けましたよ。リノベーションすることを第一前提にしましょう。約束する」

私を見てクスクスと笑いながら、了承してくれた。私は安心して、微笑み返す。同席していた両親も安堵の表情を浮かべた。しかし、この後に桐野江様から驚きの一言を告げられる。

「もう一つ、お願いがあるのだが……」

桐野江様のお願いとは何だろうか？　いつになく、俯き加減で言いづらそうにしている。

「私の客室係を嫁にもらいたいのだが……、いかがだろうか？」

突然、そんなことを言い出した桐野江様。聞き間違えかもしれないが、嫁にもらいたいと言った気がする。客室係とは私のこと？　この発言には、両親と私の他に笹沼様も驚く。

「桐野江社長、会長に相談もなく勝手にそんなことを……！」

何も発せないままでいた私を見かねてか、笹沼様がすかさず口を挟んだ。

「うるさい。私がこの女性を嫁にしたいと決めたんだ」

「また勝手に決めて……」

笹沼様は困ったような表情を浮かべ、溜め息を吐く。

私を嫁にしたいと言われて頭の中は混乱している。両親の座っている方を横目で見ると驚いた顔をして、開いた口が塞がらないようだった。

「あの、聞き間違えか冗談ですよね？」

あまりにも唐突な申し出に、信じられない気持ちで問いかけてみる。きっと間違えや手違いなんかの部類だと思うんだ。

「聞き間違えでも冗談でもない。本気だ」

桐野江様は私を真っ直ぐに見ながら、そう言い切った。

「桐野江社長、ももこさんもご両親も困っています。思いつきで言葉に出して良い問題ではありません」

「思いつきではない。純粋に一人の女性として、ももこさんを気に入っているんだ。答えは今すぐじゃなくていい」

秘書の笹沼様が止めても、桐野江様の考えは変わらないらしい。私は桐野江様の言葉が本気だと知り、一気に心臓の鼓動が跳ね上がる。

どうしよう？　桐野江様が私をお嫁さんにしたいって？

ドキドキが加速するばかりで止まらないし、まともに桐野江様の顔を見られない。

私、恋愛もしたことがないし、こんな風に言われたのだって初めてだ。動揺を隠せない。

それに旅館のこともある。旅館で働いている従業員が不安の中で前向きになろうとしている時に、私だけ恋愛をするなんて許されるのだろうか？　桐野江様はそもそも私たちにとっては宿敵であり、もうお客様ではないのに……！

「あ、あの、桐野江様。縁談のお話はももこの気持ちもありますし、とりあえず保留にしていただいてもよろしいでしょうか？」

母は正座をしたまま、両手の指先を綺麗に揃え、畳に添えて深々とお辞儀をする。

それを見た父も深々とお辞儀をして桐野江様の返答を待つ。

「ももこさんとご両親のお考えがまとまるまで待ちます。ただ、無理そうな時は早めに。長ければ長いほど、期待が膨らんでしまいますから」

桐野江様はここぞとばかりに優しい笑顔を見せてくる。私たちは「承知しました」とだけ父が返答をした後に、一礼をしてから客室を出た。

「ももこ、桐野江様とは結婚を考える仲だったのか？」

使用していない客室に案内され、父に確認される。

結婚の話は、私だけではなく両親も知らない話で驚いていた。

「そんなこと、あるわけないでしょ！　そんな仲なら、買い取りの話も納得いくまで議論できた」

どうしたらそのような考えになるのか、父に聞きたいくらいだった。私の頭の中はパニックになっていて思考回路が停止している。

両親も呆然としていて、思考がついてきていないようだった。

「と、とにかく！　桐野江様の一瞬の気の迷いだと思うから、気にせずに過ごすね。もしかしたら、向こうからお断りがくるかもしれないし……さ？」

私は気持ちが落ち着かない両親を安心させるかのように、そんなことを口走った。

「さぁ、しご……」

仕事をしようと言い切る前に母が「ももこ」と言って、私の話を遮る。

「あのね、ももこがもしも、桐野江様のところにお嫁さんに行きたいって言うのであれば、私はそれでも良いと思ってるのよ」

母は突然にそんなことを言い始めて、父は何も言わずに黙って聞いていた。

「え？　どうして？」

「ももこは桐野江様を接客している時も、恋をしている女の子の顔つきをしていたもの。桐野江様が来ると分かった時も嬉しそうにしていたから、きっと好きになっちゃったのよね」

私が桐野江様に恋をしている？

確かに自分の周りにはいなかった、落ち着きのある綺麗な顔立ちの年上の男性。見るだけで眼福だとは思っていたが、会いたいと思う気持ちの正体がまさかの恋心だったなんて……。

「お母さんもお父さんに会った時のことを久しぶりに思い出したの。私も恋なんてしたことがなかったんだけど、運命の人だなって思った」

両親の出会いはこの旅館である。

母が現在の私のように若女将として働いていた時に、父が板前志望で入社してきた。

詳しい話は聞いたことがなかったけれど、恋に落ちた二人はやがて結ばれた。

母の実家が経営していた旅館だったので、父は婿養子に入り、一人娘の私が産まれたというわけ。

「こら、そんな話はやめなさい。とにかく、ももこは自分の気持ちが固まったら知らせなさい」

父は母の話が照れくさかったのか、それだけ伝えると先に客室を出ていってしまう。

「お父さんたら、照れちゃって」

娘の前でいきなりあんな話をされたら、それは照れても仕方ないだろうと思った。

「桐野江様は経営者としてはワンマンとの噂もあるみたいだけど、ちゃんとももこの意見も聞いてくれたじゃない？　従業員のことも考えるって言ってくれたし……」

「……うん、そうだね」

母は桐野江様を信頼し始めているのだろうか？

「きっと悪い人じゃないのよ。まぁ、勘だけどね。ももこはももこの直感を大切になさい」

そう私に伝えると、母は先に客室を出ていく。私は疲労感が押し寄せてきて、客室の畳にペタンと座り込んで足を伸ばした。

直感、かぁ……。だとすれば、私は桐野江様のことをお客様としてではなく、異性として見ていたのかな？

トクン、トクンと胸の高鳴りを感じつつ、私は先程の桐野江様とのやり取りを思い出していた。

旅館の買い取りの話だけでも頭の中がいっぱいになっているのに、結婚話までされたら……どうして良いのか分からない。

お付き合いもしていないし、そもそも、好きだと言われたわけでもない。それなのに、結婚したいだなんて……。

もしかしたら、旅館を買収したいがための政略結婚みたいな感じなのかな？　リノベーションを第一に考えてくれるとは約束してくれたけれど、それができない時は無理やりに旅館の買い取りをして建て直しを進めていくのだろうか？　……だとすると、私と結婚すれば有利だということなのか。

しかし、落ち目な旅館の娘を嫁に迎えたとして、桐野江様にそんなにメリットがあるとは思えない。買い取りの件だけだと割り切れば、私に深く関わらなくても話は進めていける。

私の意見など聞かない方が、桐野江不動産としても話が手短にまとまるはずだ。急にあんなことを言い出した桐野江様のことが理解できない。その他にも色々と理由があるのかもしれない。

桐野江様は素敵な方だもの。たとえ私なんかを正妻に迎えても、女性が放っておくはずがない。

すぐに飽きられて離婚するか、彼に愛人ができるかもしれない。

憧れだけにしておくのが、身のためかもしれないなぁ……と思いながら、溜め息を吐いた。

精神的に疲れてしまい、考えごとをしながら畳の上に横になる。

着物を着たままで横になるなんてことは今までなかったけれど、今日だけは許してほしい。着崩れしても直すから……。

旅館でのお手伝いから始まり、正式に働くようになってから初めて、仕事を放り出してサボりたくなってしまった。色々あって疲れたなぁ……。


うっすらと目を開けると部屋の中は薄暗かった。少しだけ畳に横になるつもりだったのが、いつの間にか仕事中に寝てしまっていたらしく、身体の上には毛布がかけられている。

今は何時なのだろうか？

身体を起こして時計を見ると十八時を過ぎて、もうすぐ半になりそうだった。二時間以上は寝てしまったようだ。

慌てて立ち上がり、着崩れを直す。

この客室は使用しないとはいえ、横になるのはまずかった。チェックインも夕食準備の時間もとうに過ぎている。

旅館で正式に働くようになってから遅刻もしなかった私だけれど、若女将の立場でこんな失態を演じるなんてあってはいけない。

みんなの元に戻る前に身なりを整えてから行かなくては……。

焦る気持ちとやるせない気持ちと申し訳ない気持ちと色々入り交じって、正直よく分からなくなってきた。

現実に戻されればまた、旅館の買い取りや急に浮上した結婚話の件もあるので気が休まらない。


身なりを整えて厨房に向かうと、夕食出しの時間でみんな忙しくしていた。

「すみませんでした！」と出入り口の前から謝ると……みんなは私を咎めることはせずに、にこにこと笑っている。

「やっとお目覚めか！　ももこを探しにいったら、ぐっすり寝てたから起こさなかったよ」

同い年の仲居仲間が準備をしながら、楽しそうにしている。

「働き詰めだから疲れが溜まってるのよ。たまには昼寝も良いもんでしょう？」と仲居仲間の年配のおばさんも身体を動かしながら、そう言ってくれた。

「ももちゃん若女将、これは藤の間にお願いね。ももちゃんの小さい頃みたいな可愛い女の子がいるの」

「はい、行ってきます！」

昼寝から目覚めたばかりで頭の働いていない私はどの客室を手伝うか考えていると、梨木さんが指示を出してくれた。

彼女は仲居仲間のリーダーなので、常にてきぱきと仕事をしてくれている。

梨木さんからお願いされたのは、ハンバーグや海老フライ、グラタンなどがのせられたお子様用の夕食のお膳。

「今日はお連れ様がお誕生日だから、食後にケーキサービスがあります。それも、ももちゃん若女将にお任せしても良いかな？」

「もちろん、大丈夫です」

前週の頭に翌週の予約一覧を確認するのだが、〝三歳のお誕生日のケーキ予約〟と予約表に記載されていた。藤の間だから、きっとその子に違いない。

私は梨木さんからお願いされたお子様用のお膳を持って、旅館の渡り廊下まで歩き出した。

「あっ……」

「き、桐野江様！」

そこで桐野江様に出くわした。彼は温泉に入ってきたのか、浴衣姿で髪が半乾きのままだ。私は一礼をして立ち去ろうとすると、「寝酒用に二十一時に地酒の冷酒をお願いできないか？　辛口があればそれで」と通りすがりに運ぶように頼まれた。

「かしこまりました」

「できれば、ももこさんが持ってきてほしい」

「……はい」

私には荷が重く感じて他の誰かにお願いしようとして一言だけで済まそうとしたのに、結局は捕まってしまった。なるべくなら顔を合わせたくないと思ってしまう。

長年のサービス業精神で接すれば、平常心でいられるだろうか？

二十一時少し前、桐野江様にオーダーを受けた地酒の冷酒をトレーにのせて運ぶ準備をする。平常心でいるために大きく深呼吸をしてから、運んでいく。

「失礼いたします、地酒をお持ちしました」

「あぁ、ありがとう」

旅館に宿泊するようになってから初めて、桐野江様がノートパソコンを開いておらず、座椅子に座ってテレビを眺めていた。

浴衣姿の桐野江様は涼し気な顔つきで凛としていて、何度見ても素敵だと思ってしまう。

平常心でいるために、あまり桐野江様を見ないようにして地酒をテーブルの上に置いた。

「この辺りの湧き水はとても美味しいから、地酒にも期待が持てるな」

桐野江様は地酒の瓶のパッケージをぐるっと一周、一見してから、蓋を捻じる。

「いつもは飲まないくせに酒だなんて、珍しいと思ってるんだろう？」

「いえ、そんなことは……」

確かに寝酒が欲しいだなんて珍しい。

「普段は仕事も兼ねて来ていたので極力、酒は飲まないようにしていた。今日はもう仕事はしないことにしたから、ゆっくり過ごすことにするよ」

瓶からゆっくりとお猪口に地酒を注いでいく桐野江様。

「そうでしたか。では、ごゆっくりとお過ご……！　きゃっ！」

立ち上がろうとした時、桐野江様に咄嗟に腕を掴まれた。ドキッとして、心臓の鼓動が跳ね上がる。

「少しだけ……五分だけでも良いから、話をしよう」

桐野江様の真剣な眼差しに囚われてしまい、みるみるうちに顔に火照りを帯びる。思わず、顔を背けるがドキドキと胸の高まりは増すばかりだった。

「とりあえず、話だけでも聞いてほしい。座ってくれないか」

「……わ、分かりました。手短にお願いします」

変に意識してしまい、正面に座っている桐野江様の顔がまともに見られない。

私は腰を下ろし、正座をしながら下を向いていた。

「急に縁談の話を出して悪かったな。しかし、あれは本気だ。君のことを気に入っている」

頭上辺りから聞こえてくる声は、いつもよりも自信がなさげな感じがする。いつもの強引な態度ではなく、一歩引いているようなそんな感じ。

「桐野江様はどうかしてます」

私は桐野江様の心情も接客係としての立場も置いて、冷たく言い放ってしまった。桐野江様の真意が分からないので、こうする他なかったのだ。

「この旅館を大切に思っている気持ちと、社長だからと尻込みせずに本音をぶつけてくれたことに心を打たれた。多少、気の強いところも経営者の妻としては最適だ」

きっと桐野江様は私のことを真っ直ぐに見ながら一言、一言を真剣に紡いでいるに違いない。彼の顔を見たわけではないが、ゆっくりと心地良い声のトーンで私の心に語りかけていることは充分に伝わってくる。

桐野江様の素直な気持ちが私の心の内に浸透してくるが、お付き合いもしていないうちからの結婚というハードルが高くて、更に突き放す言葉を探してしまう。

「で、……でも、出会ったばかりで急過ぎます！」

ふと顔を上げて意見してしまった。

「そうだな。しかし、君のことを手に入れたいと思ってしまった以上、引き返すことはできない」

顔を上げたのが間違えだった。真剣な眼差しから目が離せなくなる。

ただでさえ顔が火照っていたのに、更には耳まで熱を帯びてきた。

「念の為、聞いておくが……お互いに歳が離れ過ぎていると思うか？　俺はもうすぐ三十五になる」

「私は来年の三月で二十六になります」

「そうか、十歳違うのか……」

桐野江様の年齢は帳簿を見た時に知っていた。十歳違うことも理解している。

年上に憧れがあったとかではないが、初対面から素敵な人だとは思っていた。しかし、問題なのは年齢的なものではなくて……。

「私は年の差は気にしません。でも、そういうことではないんです」

「じゃあ、俺自身に問題があるんだな。ももこさんからしたらオジサンだし、性格に難ありだと思っているとか……」

いつになく、桐野江様が焦っているような気もする。自信家のイメージではなくなってきた。

やり取りを交わしていくうちに、桐野江様が冗談で持ちかけてきたわけではないのだと思い始める。

「いえ、そういうわけでもないです」

好みか、好みではないかを聞かれたとしたら、それは間違いなく、桐野江様の顔もスタイルも好みだ。

「お、お互いに何も知りませんし、立場も違いますから縁談はお断りしたいんです」

私の口から桐野江様のことが本当は気になっているだなんて、言えるはずもない。

立場も天と地の差だとするなら、断る方が良い。

一目惚れした桐野江様に縁談を持ちかけられて舞い上がらないはずはない。お互いをよく知らず、大企業の社長との縁談など成立するわけがないんだ。尚且つ、旅館を買収する件もあるので政略結婚のようなものかもしれない。そう思った私は、覚悟を決めて断りを入れた。

「そうか……。ならば嫁に来ると言うまで俺が努力しよう」

「え?」

「年の差を気にしているとか、俺自身が嫌いではないのなら、絶対に堕としてみせる」

桐野江様はそんなことを言い、先程の自信なさげな表情とは打って変わって自信たっぷりに微笑んだ。

私はそんな桐野江様を見て、更にときめいてしまう。

これ以上、ときめきたくないのにどうしてだろう?

もしかしたら私は外見やスタイルだけではなくて、強引な桐野江様に魅力を感じているのかもしれない。

「明日は一旦、東京に戻るが、また連絡する。個人的に連絡を取りたいのだが……」

桐野江様はスマホを取り出して、何やら操作している。パスワードを解除しているのだろうか。

「お、お客様と個人的なやり取りは……で、できかねます」

断るにはこの答えが一番良い。

「ご両親に許可を得ても？」

「……無理です！」

「じゃあ、旅館に直接電話して指名するか、やまぶきのSNSにコメントの書き込みをしようか」

「どちらも、無理です」

何をどう返事しても引き下がらない桐野江様。

「なら、どうすれば良い？」

「わ、分かりませんけど……！　とにかく、どれも駄目です！」

提案された全てを拒否すると、しゅんとしたような顔をして、スマホを裏返してテーブルに置いた。

「では、気が向いたら……ここに連絡して。裏に書いた番号が個人のスマホ。ももこさんからなら、社用でも大歓迎」

桐野江様は名刺を取り出して、裏側に電話番号を書き込んで私に強引に手渡した。

「連絡がこようとこまいと、旅館関係の件でまた直接会いに来るけどな。とりあえず、連絡待ってる」

私は手渡された名刺をそっと握り、返事はせずに客室を後にした。

客室の外に出ると廊下に誰もいないことを確認してから、名刺を見てみる。裏側には綺麗な文字で、電話番号の他にメッセージアプリのＩＤも書かれていた。

表側には桐野江不動産、代表取締役社長、桐野江優希也と記載されている。名刺を見ただけでも、私とは釣り合わないと考えさせられる。

桐野江様は私の意見もきちんと聞き入れてくださる気がするし、仕事のこともたくさん話したらきっと楽しいと思う。年齢の壁は越えられるかもしれない。だけど、立場的なものはどうしようもないもの。

トクン、トクンと胸は高まっているけれど、好きになってしまう前に諦めなくてはいけない。憧れのまま、終わらせた方が良い。そんなことを考えながら、桐野江様の客室の前から歩き出した――

三、変わりゆく関係性

一ヶ月後、桐野江不動産から差し向けられた建築士たちが耐震性や断熱性等を調べに来た。結果、リノベーションをすることに問題はないと判断されたらしい。

メリットもデメリットも受け入れて、リノベーションの方向性にしてくれたことに感謝したい。

その後、その結果を元に両親と隣二軒の家主が桐野江様と話し合いをし、新事業の計画に賛同する。

旅館をリノベーションする話もいよいよ、信憑性を帯びてきた。

慣れ親しんだ旅館が変貌を遂げることに対して、複雑な気持ちはある。

しかし、リノベーションできることになり、旅館自体がなくなるわけではないので受け入れた。

桐野江様は従業員に向けた説明会を開いて、質疑応答の場も設けた。

桐野江様が現段階で考えている再出発に対するプランを発表すると、両親も従業員も目を輝かせていたのが印象的だった。

内容は旅館が生まれ変わるだけではなく、桐野江グループ内の企業と同様に福利厚生をしっかりと整備するというもの。

中でも、今まではボーナスが微々たる金額だったのに対して、上乗せされるということに従業員が喜んだ。休憩時間や時給アップについても考えてくれているらしい。

桐野江様は旅館のことを精一杯考えてくれているのだが……。

「ももこさん、今日こそは食事にでも行かないか？」

チェックアウトが済み、中抜けの休憩に入ろうかと思っていた矢先に廊下で桐野江様に出会った。すると、間髪入れずに食事に行こうと誘われる。

「い、行けません……！　私は忙しいですから！」

桐野江様は打ち合わせ等で何度も旅館に通っていた。宿泊する時もあれば、日帰りで帰る時もある。

今日は日帰りで来たのだが、帰る前に一緒に食事をしたいと言われて困り果てていた。

「食事が無理なら、お茶だけでも？」

「む、無理です！　中抜けの休憩に睡眠時間を取らなければならないので！」

結婚宣言をした後から、桐野江様は私のことを何度もデートに誘ってくる。

私はお受けすることができないので、忙しいと言って断り続けていた。

「残念だが、睡眠は大切だからな」

断りを入れる度に子犬みたいにしゅんとする桐野江様。普段の桐野江様からすると極端なギャップがあり、私はそんな部分が嫌いではない。

無闇に断りを入れているわけではないが、結婚を諦めてほしいがためにそうしている。

桐野江様は、私と貴方の立場が違い過ぎることを気づいていないのだろうか？　桐野江様がたとえ良いと言っても、私は良くない。

「あら、桐野江様！　こんなところでどうし……。ももこもいたのね」

廊下で出会った桐野江様とやり取りをしていた時、母が通りかかった。

「ももこさんを口説いてるんですが、一向になびいてくれなくて」

「困ったわね、うちの若女将は頑固だから」

桐野江様と母はフレンドリーな雰囲気を出しながら、会話を進めていく。食事に誘われただけで口説かれてはいない。

「ちょっ、お母……！　女将、やめて！　話に交ざらないで！」

私と桐野江様の話の輪に母が入ろうとしてきたので、必死に追い出そうとした。

「ももこ、桐野江様がせっかく誘ってくださってるのだから、一度くらいお食事に出かけても良いんじゃないかしら？」

「でも中抜けにはお昼寝しないと体力持たないし、中抜け後も忙しい時間帯なのに無理だよ。私が抜けたらみんなに負担がかかるから」

本当は、それよりも結婚を諦めてほしいから断っている。

「ももこがお昼寝しちゃって夕食準備中に欠員が出た時、みんなで力を合わせて何とかなったのよ。だから、これからは気負わなくて良いの。ももこに頼ってばかりでごめんなさい」

「お母さん……」

急にそんなことを言い出した母の言葉が意味しているものが分かるのは、もう少し後のことだった。

「ももこは自分の幸せのことも少し考えなさい！　では桐野江様、失礼いたします」

母はそんなことを言い残して去っていった。

「実は……ご両親の許可は得たのだが、ももこさんを私が手がけているホテルに連れて行くことになった」

「え？　何故ですか？」

「リノベーションを手がける前に桐野江不動産の所有物や働く人々を見てほしい。その話をするために食事に誘っていたんだけどな」

「そ、そうでしたか！」

桐野江様が私のことを誘っていたのは結婚話をするためではなく、用件があったからだったんだ。勘違いしてしまい、恥ずかしい。

「残念そうな顔をしているな」

私を頭上から見下ろして、くすくすと笑う桐野江様。

「ち、違います！　してません！」

目が合ってしまい、慌てて否定する。

「まぁ……半分は仕事の話、半分は口説きたいからだよ」

桐野江様は私の耳元まで近づき、そう囁いた。

「し、失礼します！」

みるみるうちに顔が真っ赤になってしまい、照れ隠しに逃げ出す。

一礼をして、その場を早歩きで立ち去った。廊下をパタパタと小走りで歩き、火照った顔が更に熱くなる。

びっくりした。

桐野江様の吐息がかかるくらいに顔が近くにあって、一瞬だけれど身体が硬直した。男性に耐性がない私にはハードルが高過ぎる。

「わっ！」

「きゃっ！」

前を見ずに早歩きしていた私は誰かにぶつかった。

「ももこさん、そんなに急いでどうしたんですか？」

「さ、笹沼様！　ごめんなさい、考えごとをしていてぶつかってしまいました。お怪我はありませんか？」

顔を上げると笹沼さんが目の前にいて、体勢を崩して少しだけよろけた。勢い良くぶつかってしまい、申し訳なく思う。

「全然、大丈夫ですよ。それより、桐野江社長を見ませんでしたか？」

怪我をさせていなくて良かった。笹沼さんは体勢を立て直し、曲がったネクタイを自分で直す。

「み、見ました。つい先程、あちら側の廊下で……」

桐野江様とは、中庭を挟んで反対側の廊下でお会いした。二人は逆方向へと進んでいる。

「ありがとうございます。きっと部屋に戻ったのかもしれませんよね。行ってみます」

「そうかもしれませんね。あの、失礼なことをしておきながら何なんですが、お聞きしたいことがありまして……」

「はい、何でしょうか？」

そういえば、桐野江不動産の見学の件を笹沼様なら知っているかもしれない。見学が本当にあるかどうかと、その意図を聞きたい。私は咄嗟に思いついて尋ねてみる。

「桐野江様から不動産所有のホテルなどを見学に来てほしいと言われたのですが……」

「あぁ、その件ですね」

やはり、知っているよね。秘書の笹沼様が知らないはずがないもの。

「どのようなホテルや物件を扱っているのかをももこさんの目で実際に確かめてほしいみたいですよ。リノベーションするにあたり、役立つこともあるだろう、との考えみたいです」

「リノベーションに役立つ……」

私は相槌を打つように、笹沼様の言葉を繰り返した。

「そうです。ホテルと旅館では毛色が違うかもしれませんが、ここは良いとか悪いとか、ももこさんの視野で判断して意見を出してほしい、と」

建物の構造なんて私には分からないのだから、お任せしたい。しかし、リノベーションしたいと言い出したのは私だから……。

「つまりは旅館に必要な部分があれば、その部分も改装するので遠慮なく言ってくださいね、ってことです」

「な、なるほど。そういうことですか」

「桐野江社長は、この旅館に思い入れのあるももこさんと共に、より良い旅館にしていきたいと思っています」

桐野江様がいつの間にか、そんな風に考えてくれていたなんて……。

桐野江様の熱意が伝わってくる。普段は無愛想で言葉足らずな印象のある彼だけれど、仕事のことに関しては熱心で思いやりがある。

そんなところも惹かれ始めている。でも、そんなことは私の口からは言えない。

大企業の社長様と潰れかけている旅館の田舎娘となんて、釣り合うはずがないもの。

「桐野江社長はワンマンで何を考えてるのか分からない時もありますが、根は良い人なので。仕事だと思って、東京見学も兼ねて一日お付き合いくださいね」

「……ありがとうございます、考えておきますね」

私は笑顔でそう答えて、その場を後にした。

その夜、母に見学の話をすると『昼間も言ったけど、これから先は打ち合わせも入るし、ももこがいない日を想定して働かなきゃいけないの。いないことに慣れなきゃね』と言われた。

母はリノベーションのための打ち合わせ等で私が仕事に穴を空けることを見越して、そういうことを考えていたらしい。

私自身は仕事を負担に思ったことはないが、リノベーションすることにより旅館の規模が大きくなるかもしれない。

そしたら、従業員一人一人の業務が増えるかもしれないが、桐野江様の一声で従業員が増員されて今までよりも楽になる可能性もある。今働いてくれている従業員をより良い条件で雇うには、可能性を信じることも大切だ。

行くことに対して迷いがあったが、『こんな機会は滅多にない』と母に説得される。

私は従業員のために精一杯のことはするつもりだから覚悟を決めるしかない。

不安だらけだが、後日に桐野江様と笹沼様がお迎えに来てくれて東京に行くことにした。

東京に行く前日、桐野江様は笹沼様と中年世代の男性を連れて夜遅くに素泊まりした。

仕事終わりに来たとのことで、温泉に入った後は三人ともすぐに布団に入ったらしい。

今回はゆっくりできないので、三人一緒の客室だった。

翌日の朝早く、私は早番の従業員のみんなに見送られて東京に向かった。

桐野江様の所有の真珠のような輝きの白色のＳＵＶではなく、黒くて艶のある国産の高級車で迎えに来てくれた。

この車のマークは見たことがある。旅館のお客様でも乗っている方がいたが、私は初めて足を踏み入れた。

「ももこさん、そんなに緊張しなくて大丈夫ですよ。桐野江社長の隣が嫌なら助手席でも良いですし、リラックスして過ごしてくださいね」

「はい、ありがとうございます」

今日は桐野江不動産所有の車らしく、彼らと一緒に泊まった中年世代の男性は運転手だったようだ。

いつもは桐野江様の車で来ており、笹沼様と交代で運転していたのだそう。

運転をしなくてもいい笹沼様は助手席に座っていて、後部座席に振り向きながら話しかけてくる。

私は普段着慣れないスーツに身を包み、歩きづらいヒールを履いていた。膝丈のスカートが落ち着かない。

少しでも早く上がったり、中抜けに街中まで降りて洋服を買いに行くとかすれば良かったのだけれども……。

何を着ていけばいいのかも分からず、桐野江様が所有するホテル等を見に行くと言われていたので、スーツが無難だと判断した。

今思えば、オフィスカジュアルのような格好にすれば良かったのだと気づく。けれども仕事がオフな日は楽な格好ばかりなので、自分で見繕うことができたかは分からないけれど。

「……俺の隣が嫌なら、助手席に移ってもいいんだぞ?」

「え、いや、そんなことは……」

笹沼様の一言で桐野江様が拗ねている。ツン、としながら私に問いかけてくるが、決して嫌ではなく緊張しているだけ。

ただでさえ、高級車に対しても緊張してしまう上に隣には桐野江様が座っている。

この状況で緊張しない人っているのかな？　いたにしても、私は間違えなく当てはまらない。ドキドキしっぱなしで、身体も固まってしまうくらいに桐野江様のことも意識してしまっている。

今しがた乗ったばかりだけれど、早く目的地に着いてほしいと思ってしまう。

私は桐野江様と気軽に会話などできるはずもなく、窓から過ぎ行く景色を眺めていた。


「そうだ、女将からいただいたおにぎりを食べようか」

一時間くらい車を走らせたところで、桐野江様がそう言い出した。

私が乗ると同時に、母から手渡された朝ごはん用のおにぎり。おにぎりの入ったランチバッグは私と桐野江様の間にのせられていた。

「海苔が巻いてなくて、別になっている」

桐野江様はランチバッグのファスナーを開けて、塩むすびのおにぎりと海苔の入った保存袋を取り出す。

コンビニのおにぎりみたいに海苔がパリパリのままで食べられるように、母は別々に入れてくれていた。

「桐野江様は海苔がしっとりしてるのとパリパリなのは、どちらが好きですか？」

「どちらかと言えば、パリパリの方が好きだ」

「ふふっ、私もパリパリの方が好きなんです」

私は幼い頃、コンビニのおにぎりに興味を持っていたが、板前の父から買い食いは駄目だと言われていて食べたことがなかった。

ある日、内緒で買おうとしていた私を見かねた母はおにぎりを作ってくれ、コンビニ風にフィルムに包んでくれた。

その時のおにぎりが何とも言えずに美味しくて、それからというもの、母が私におにぎりを作ってくれる時はこのスタイルだった。

「中身は鮭が入っていて、塩加減もちょうど良い。もう一つ食べても良いか？」

「遠慮なくどうぞ」

桐野江様も気に入ったらしく、一個目をぺろりとたいらげた。私は一緒に持たされたペットボトルのお茶を手渡す。

桐野江様がおにぎりの入ったランチバッグごと膝の上にのせているので、前席の二人におにぎりを渡せなくて困っていると、「私たちもいただきたいです」と笹沼様が声をかけてくれた。

「鮭と昆布、どちらにする？」

「一つずつください」

桐野江様はまるで自分のもののように取り出して、助手席に座っている笹沼様に手渡そうとしている。

「海苔は私が自分で巻きますから、巻かなくていいです」

「いや、俺が巻く」

おにぎりは一つずつラップで包んであるので、海苔と一緒にそのまま渡せば良いのだが、桐野江様はご機嫌で巻いている。そんな姿に見入ってしまう。

普段の無愛想な感じはなくて、口元も少し緩んでいるように見える。

ギャップが脳裏に焼き付けられて、私まで微笑ましくなってしまう。

「ももこさんは？」

「え、じゃあ、昆布をお願いします」

手馴れたように海苔を巻いたおにぎりを私に手渡し、柔らかい笑みを浮かべる。

私もつられて笑顔になり、おにぎりにかぶりつく。

一口目は大きな口で食べてしまったが、隣には桐野江様がいることに気づき、二口目は小さくかじった。

一口目が桐野江様に見られていないと良いけれど。パリパリの海苔も、高級車にこぼさないように気をつけなくては……。

おにぎりを食べた後、桐野江様と笹沼様は仲が良さそうに会話をしていた。

まるで友人のような会話に、社長と秘書以上の関係性を感じる。

途中、パーキングエリアでの休憩を挟み、お昼前には東京に着いた。首都高速道路を降りて、街中へと車を走らせていく。

周りに見える景色が地元の景色とはまるで違っている。

いつもの景色のように山など見えず、建物同士もひしめき合っていた。過ぎ行く景色が見慣れず、それだけで怖気づいてしまう。

「ここが、桐野江グループのビルです。三十五階建ての六から十二階までのフロアが桐野江不動産です。本日は立ち寄りませんが、お見知り置きまで」

桐野江不動産の前を車が通過して、運転手さんが私に向けてアナウンスをしてくれた。大きなビルには社名が堂々と掲げられていて、威厳を保っているかのような佇まいをしている。

桐野江様はあそこの大きなビルの中で仕事をしているのかな？

「そのうち、連れて行くからな。待ってて」

「えっと……、はい」

結婚話も浮上しているので、そっちも兼ねていて従業員に紹介されたらどうしようかと思って迷ってしまった。

どう答えて良いのか分からないけれど、リノベーションの件かもしれないので、とりあえずは賛同する。

旅館のリノベーションは桐野江不動産にとって新規事業になるわけだから、紹介されたとしても不自然ではない。何でもかんでも結婚話に結びつけがちなことを反省する。

都内に入ってからもしばらく車は走り続け、高層ビルが建ち並ぶ付近で停車した。

「わぁ！」

「ここはショッピングモールとホテルが一体化している。上層階がホテルになっている造りだ」

指定の駐車場で降り、目的地まで歩くことになった。

「山吹様、どうぞお降りくださいませ」

運転手さんがドアを開けてくれる。

「きゃっ！」

「大丈夫か、ももこさん？」

お礼を言って、いざ車から降りようとした時、バランスを崩してよろけてしまう。

先に降りた桐野江様がいて、支えてもらった。

「ごめんなさい！　ありがとうございます」

支えてもらった時、桐野江様からはふんわりと良い香りがする。今日初めて、桐野江様に触れてしまった。

私の心臓はバクバクしていて、どうにかなってしまいそう。ヒールを履き慣れないとはいえ、恥ずかしい。

「足は捻ってないか？」

「はい、大丈夫です」

桐野江様に支えてもらわなければ、足を捻っていたか、もしくは転んでいたかもしれない。

スーツに合わせて履いた高めのヒールが歩きづらい。先程みたいによろけたりしないと良いけれど……。

目の前には高層階のビルが建ち並ぶ。その一つが上層階に高級ホテルが入っているというビル。

仕事ばかりしていた私は他のホテルに宿泊したことがなく、都心にも数える程しか来たことがない。

見ただけで桐野江様とは住む世界が違うのだと感じて、私は次第に恐怖心が増してしまう。

「ももこさん、大丈夫か？　中にはホテルもあるけど、ショッピングモールもある。外に出なくても一日中、楽しめる場所だ。気後れしなくていい、ありのままで自由に過ごして」

私は何も発してはいないのだが、怯えていることに雰囲気で桐野江様は気づいてくれたようだ。

背中を押されて、ビルの中に足を踏み入れる。

エントランスの先にはショッピングモールが広がり、賑わいがある。

何故か、ショッピングモールの中に連れて行かれ、気になるショップがあるか問われた。

私はとりあえずない、と首を横に振ると次は飲食店に連れて行かれる。

笹沼様がおすすめのパスタ店があるとのことで、運転手さんも含めて四人で食事をした。

普段は和食ばかりで、パスタは食べ慣れていないので、手をつけるだけでも緊張してしまう。

いつもは箸ばかりで、フォークを使うって慣れないな。そう思いながら、粗相をしないように気をつけながら食事をした。

食事をした後は笹沼様と運転手さんとはお別れし、二人きりになる。

私の胸の高鳴りは爆上がりで苦しいくらいに、ドキドキしていた。

「アーリーチェックインできるようにしといたから、一先ず客室で休もうか」

「……はい」

桐野江様はそう言うと私をエレベーターに乗せた。エレベーターはシースルーで外の景色が見えるようにしてあり、見下ろすとちょっと怖い感じがした。

ホテルがある階で降り、更にエレベーターに乗り換える。このエレベーターは外が見えないタイプだったのでホッと胸を撫で下ろした。

「一旦、降りてまたエレベーターに乗るから」

エレベーターから降りてフロントが見えたと思えば、また乗り換えると言われて私の頭の中は疑問がいっぱいだった。都会のホテルは複雑な構造なんだなぁ……。

桐野江様は私の肩にそっと触れて、再び別のエレベーターに乗る。エレベーターの階数の横にはエグゼクティブフロアと記載されていた。

エグゼクティブフロアは確か、ハイクラスの宿泊者向けのスイートルームがあり、そのフロアの宿泊者専用のラウンジがある場所では？

「桐野江様、いらっしゃいませ。こちらがお部屋のルームキーでございます」

「ありがとう」

エレベーターを降りるとフロントがあり、桐野江様がルームキーを受け取る。

「さぁ、行こうか」

また別のエレベーターに乗り、最上階まで来て降りた。最上階には二部屋しかないらしいが、まさかのスイートルーム？

「客室はここ。どうぞ、入って」

「お邪魔します……」

桐野江様がルームキーをかざして、客室の扉を開けてくれた。

「ふふっ、お邪魔しますって。ここは俺の自宅ではないし、自由に過ごして」

私が咄嗟に出した言葉に対して、桐野江様が笑っている。自由に過ごしてと言われても、そんなことができるわけがない。

客室の中に足を踏み入れると広々としていて、パノラマビューな窓からは街並みも見渡せる。

「あ、あの……！　ここってスイートルームですか？」

「そうだよ。俺も初めて泊まる部屋だが、ホテルのオープン時には立ち会ったことがある」

エグゼクティブフロアも初めてなのに、いきなりのスイートルームで驚きを隠せない。スイートルームの窓から下を見下ろすと、足が竦んでしまいそうだった。それに――

「あ、あの……！　ここは桐野江様のためのお部屋ですよね？」

桐野江様は先程、『俺も初めて泊まる』と言ったような気がする。ただでさえ心拍数が上がっているのに二人きりで同じ部屋で朝まで一緒に過ごすだなんて、これ以上は耐えられない。どうしよう？

「俺のためではない。ももこさんのための部屋だから。ゆっくりくつろいでくれ」

「私のための……？」

「そうだ、ももこさんのための部屋だ。とりあえず今日は朝早くから疲れただろう。ウェルカムドリンクをオーダーするから、ソファーに座って少し休もうか」

はぐらかされたような気もするが一緒の部屋には泊まらないのかもしれない。それならば一安心だ。話題を掘り返すと一緒に泊まりたいと勘違いされてしまう恐れもあるので、このままそっとしておくことにする。桐野江様はフロントに電話をかけ、ウェルカムドリンクのルームサービスをお願いしていた。

私は誘われるがまま、ソファーに腰を下ろす。ソファーも広くて、何だか落ち着かない。

「ももこさん、リラックスして。この部屋には俺しかいないんだから、気を遣わないでほしい」

それが一番の原因だということを本人は分かっていない。桐野江様と二人きりなのは初めてではないが、接客中の旅館の客室とはわけが違う。

プライベートタイムのスイートルームに二人きりだなんて、ドキドキしない方がおかしい。

私の心臓がどうにかなりそうだった。

少しして、ルームサービスが届いた。

私は冷たい烏龍茶をお願いしたが、桐野江様は赤ワイン。

桐野江様は旅館に宿泊の時はあまりお酒を飲むことはないのに、昼間から飲むのは珍しい。

「ももこさん、今日は来てくれてありがとう」

届いた烏龍茶のグラスを私に届けてくれ、手の内に収められる。

「いえ、こちらこそお招きいただきありがとうございます」

「やまぶきのリノベーションの成功を祈って、乾杯」

桐野江様は私のグラスに自分のワイングラスを合わせて、カチンと音を鳴らす。烏龍茶を口に含むと少しだけ、気分が落ち着くような気がした。

＊＊＊

届いた烏龍茶をももこさんに手渡し、自らもワイングラスが置いてあるテーブルの前に腰を下ろす。乾杯をしてもう一口、ワインを口に含んだ。

「少しだけ、昔話をしようか」

結婚を申し込んだ以上、ももこさんに話しておかなければならないことがある。

今、このタイミングで話すことが正解かは分からないが、夜に話すよりもまったりしている時間の方が良いだろうとは思う。夜に話してしんみりするよりも、昼間に話して気分転換した方が良い。

「昔話……ですか？」

ももこさんは、目をパチパチと瞬きしながらこちらを見てくる。

「そう、昔話だ」

絶対に話しておかなければならないことがある。万が一、結婚したとして後ほど聞かされるのは酷だろう。

「実は……、俺は一度、二十六歳で結婚したのだが……」

彼女は言葉を発さないまでも驚いた顔をしている。

「それは以前の話で、妻は後継ぎができる前に亡くなった」

「……そうなんですね」

深刻そうな顔をして答えた彼女。それもそうだ、いきなりこんな暗い話を聞かされたら、気分が滅入ってしまう。

「前妻とは政略結婚のようなもので仲も冷めきっていた」

「政略……結婚？」

政略結婚と聞いて、どう思っただろうか。彼女のことだから、もしかしたら自分もそうなのでは？　などと勘違いしてしまうかもしれない。

「ももこさんとは旅館を買収するので世間的に政略結婚になってしまうかもしれない。しかし、本当にももこさんのことを愛しているので、そこは勘違いしないでほしい」

胸の内を告白したのに彼女は何も発さず、ただ黙っている。彼女の心にも届くように、嘘偽りがなく真剣だということを投げかけていきたい。

「結婚したからには妻を大切にしたいと考え、歩み寄ろうとしたが前妻は心を開いてくれなかったんだ」

親同士が半ば強引に決めた結婚が嫌だったのか、前妻は頑なに心を閉ざしていた。

初めから冷え切った結婚生活の中では愛情もないままで世継ぎなども産まれるはずもなく、ただ時間だけが過ぎていく。

冷たい妻の態度に耐えきれず、仕事に没頭して自宅に帰らなくなった。

「愛情のない結婚生活も一年が過ぎた後、妻に病気……ステージ四のがんが見つかった。その時には身体中に転移しており、手の施しようがないまま二十七歳という若さで旅立ってしまったんだ……」

このことは当時を知っているものでさえ、気軽に話はしない。政略結婚で冷めきっていたとはいえ、妻が亡くなっているのだから。

長年、桐野江不動産で一緒に働いてきた笹沼でさえ、話題には出さない。しかし、命日には前妻の墓にそっと笹沼からの供養の花が添えられている。

「悲しいですね。奥様が亡くならなければ、じっくりと時間をかけて仲を深められたかもしれないのに……」

彼女は、赤の他人の話でさえ涙ぐんでいる。両目にうっすらと涙を浮かべて、うるうるとしている。今にも涙がこぼれそうな彼女にケースからティッシュを引き出して渡す。

「この時に歩み寄れなかった後悔やトラウマがあり、ずっと結婚とか家庭を持つことから遠ざかっていた。それを解きほぐしてくれたのは、ももこさんなんだ」

「私が……？」

「そうだよ、ももこさんの優しい気持ちが俺の心を溶かしてくれた」

前妻は大手ホテルチェーンの娘だった。

前妻には想い人がいたのかもしれないが、彼女の事情など気にせずに実家の企業を大きくするという私利私欲のために、俺は政略結婚を選んだ。

前妻の想い人の存在は今となっては分からないが、彼女の事情を考えずに政略結婚を選んだことを後悔していた。

あの時、政略結婚を踏みとどまっていたならばどうなっていただろうか？　もしかしたら、現在の桐野江不動産はなかったかもしれない。

桐野江不動産が大きく発展したのは、彼女の実家が経営する大手ビジネスホテルチェーンを桐野江グループの傘下にしたからだ。桐野江不動産はそれを皮切りに不動産業だけではなく、ホテルを展開していく。

今やビジネスホテルだけではなく、リゾートホテルや高級志向のシティホテルも展開し、業績を上げている。

「ももこさんを気に入った理由は、旅館の仕事を大切にしていて、明るく気遣いができるところ。経営についてもお互いの意見を取り入れながら一緒にやっていけたら……と思ったから」

例えば、接客中は笑顔を絶やさないところや中庭に出た際にはさりげなく履き物を差し出してくれるところなどたくさんある。

「りょ、旅館の仕事を大切にすることは働いている人がみんなそうだと思うんです。特別、桐野江様だけにってことは……」

ももこさんは困ったように答える。確かに彼女の言うことも間違えではない。

「ももこさんと一緒にいると幸せな気分になれるんだ。優しくて、芯のしっかりした女性のももこさんを愛しいと思うようになっていた。妻にするならば、一生愛し抜きたいと思う」

「こ、困ります……！　そんなことを言われても……」

ももこさんの頬が赤く染まっていき、可愛らしい。

前妻とは歩み寄れなかったが、年齢差など関係なく自分の意志をしっかりと持ち、意見交換のできるももこさんとなら、きっと上手くやれると思う。

ももこさんとは政略結婚ではなく、しっかりと夫として、家族として向き合っていくことを決めている。

「自分が結婚したのも、ももこさんと同じくらいの二十六歳だった。ももこさんも結婚適齢期かと思うのだが、……他に好きな人がいるのか？」

もう少しマシな口説き方はないのか？　と自分自身に問いただす。しかし、恋愛に対して遠ざかっていた自分はこんな言い方しかできなかった。

「いません。旅館で働いていて出会いもありませんでしたから」

「俺自身が受け入れ難いなら、仕事関係抜きに断ってくれて構わない。それで旅館の件を白紙にしたりはしないから」

ももこさんの目は泳ぎ、返事をすること自体に困っている。彼女は優しいが故に何も言えないのかもしれない。ならば、いっそのこと、はっきりと断ってくれた方が良い。

年甲斐もなく、十も下の相手に恋心を抱くなんて、自分が間違っているかもしれないから……。

「私、仕事以外は何もできませんし、取り柄もありません。恋愛もしたことないですし、美人でもありません。なのに……何故、桐野江様は私を選びたいと言ってくださるのですか？」

ももこさんは、真っ直ぐにこちらを見てそんなことを口にした。

「ももこさんが私のパートナーとして、相応しいと判断したからだ。結婚相手としても、仕事の相談相手としても最適だ」

「そうですか……」

目を伏せがちに下を向いてしまう彼女。

「それに、年甲斐もなく、ももこさんに恋をしてしまったようだ」

彼女の顔を見ながら、笑みを浮かべる。

「ももこさんの仕事熱心なところも、売上が落ちている中でもめげずに頑張っている姿や、分け隔てなく向ける笑顔や明るさも好きなんだ」

自分の気持ちの内をさらけ出し、彼女に伝える。今日と明日の二日間で、ももこさんがなびいてくれなければ、綺麗さっぱり諦めよう。

自分のことで彼女に負担をかけたくはない。

「SNSの動画を見て、ももこさん自身は声が入っているだけだったが、楽しそうで旅館が大好きなんだと伝わってきた。仕事のためとはいえ、リピーターとして繰り返し見ているうちに惹かれていた」

これで胸の内に秘めていた想いを全て彼女に伝えられたはずだ。

俯き加減の彼女に向かってそう伝える。すると、ふと顔を上げた彼女と目が合ったのだが、すぐに逸らされてしまう。

彼女の顔は赤いままで、耳まで火照っているように見えた。恋愛経験がないから告白をされて照れているのか、俺を意識してくれているのか。どちらかは分からない。

「……ご、ごちそうさまでした！」

彼女は告白の返事はしないまま、烏龍茶を飲み干してグラスをテーブルに置いた。

「夕食はルームサービスにしたから、まだまだ時間があるな」

「この後はホテルなどを見に行かないのですか？」

「今日は行かない。明日の朝、起きたら巡る予定だ。ショッピングでもしようか」

自分もワインを飲み干し、テーブルに置いた。戸惑っているももこさんを客室の外へと連れ出し、ショッピングを楽しむことにした。

彼女は返事に困っているようだから、気を紛らわせるにはちょうど良い。自分自身もあんな大それた告白をしておいて、あっさり断られたら気分が沈みそうだから話題には出さずにいよう。

本当に年甲斐もなく恋心を抱くなんて……どうかしているかもしれない。

前妻は誰もが振り返るくらいの整った顔をした黒髪の線の細い女性だった。性格も自分の意見ははっきりと主張し、意見の食い違いも多かった気がする。

ももこさんは可愛らしく、ふわふわした感じの女性。

自分の意見も述べるけれど、相手の意見もしっかりと聞くタイプ。決して自分の主張だけでは通さず、相手の気持ちも考えてくれる。

思いやりの気持ちを持ち合わせている彼女は相手に遠慮してしまうところもあるが、そんなところも持ち味だろう。しかし、自分の気持ちを我慢はしてほしくない。

もしも、彼女が結婚を受け入れてくれた時は前妻との過ちはおかさないように、ももこさんファーストにしようと決めている。

彼女となら、きっと上手くやれる。そんな感じがする――

＊　＊　＊

桐野江様と旅館の客室以外では、初めての二人きり。

広い客室は静まり返っていて、私たちの声しか聞こえない。

以前の奥様のこと、言い出しづらかったはずなのに私と向き合うために話してくれた。きっと話しながらも、心が痛かったんじゃないのかな。苦しかったんじゃないのかな。

そのことからも、桐野江様は私のことを真剣に考えてくれていると確信した。

旅館や土地が欲しいだけで結婚するなんてありえないとは思っていたけれど、全然そんな感じではなかった。疑っていた私の心が、桐野江様に申し訳なくてチクチクしてしまう。

桐野江様は、私に気を遣わせまいとしている。夕食まで時間があるからと言われ、ホテルの外に連れ出された私。

「き、桐野江様……！　困ります、一着くらいでしたら自分で買いますので！」

「いや、いい。気にするな」

桐野江様は『ウィンドウショッピングは散歩の代わりになるな』などと言いながら、私と並んで歩いていた。

ディスプレイしてあった濃いめのピンクのワンピースがとても可愛くて、たまたま立ち止まって見てしまったのが悪かったのか、店員さんに試着を勧められる。

『試着だけでもどうぞ』と店員さんに言われ、断りきれなかった私は試着をした。

店員さんの『いかがですか？』の問いに咄嗟にカーテンを開けてしまう。

「わぁ、お似合いですね。ピンク色がイメージにぴったりです！」

店員さんの常套句だろうけれど、言われて嫌な気持ちになる人はいないと思う。

「ももこさんにちなんだ色合いで、とても素敵だ」

「お客様はももこさんとおっしゃるんですね。うふふ、だからピンクがよくお似合いなんですね」

桃色よりも濃い色のピンクだが、可愛いのに落ち着いている感じがとても好き。

試着室の前で待機していた桐野江様も私のワンピース姿を店員さんと一緒に見ていて、褒めてくれる。

「このまま着て帰りたいのだが、この服に似合う靴も用意してもらえるだろうか？」

え？　たった今、桐野江様がとんでもないことを言った気がする。

「かしこまりました。いくつか見繕ってきますね」

店員さんは桐野江様に言われるがままにショップの中を歩き回り始めた。

「可愛らしいワンピースには、黒のヒールは似合わないだろう？」

試着室の中で立ち尽くす私に向けて、桐野江様はそんなことを言い、店員さんがいくつか持ってきてくれた靴を履いてみる。

おすすめは黒パンプスか薄いベージュのフラットパンプスで、私は後者にした。高さもなく、リボンもついていて可愛らしい感じが好き。

「では、このワンピースに靴、それから薄手の羽織物をお願いしたい」

「かしこまりました。ありがとうございます」

私の意見など聞く気もない桐野江様は、あっという間に会計を済ませてしまう。着ていたスーツはショップバッグに入れられ、桐野江様が手荷物として持っている。

「ありがとうございました。またのお越しをお待ちしております！」

店員さんに見送られてショップを後にした。私は試着したままのワンピースを着て、新しい靴を履いて桐野江様に連れられる。

「き、桐野江様！　私、そんなつもりじゃ……！」

「俺が勝手に購入しただけだ。何も気にすることはない。素直に甘えてくれ」

桐野江様にはぽんと購入してしまえる金額かもしれないが、総額を見たら私には到底無理だった。

「……ありがとうございます」

ワンピースなんてしばらく着ていない。

ふんわりとした袖のAラインのワンピースで、丈は膝くらい。膝から下が丸見えになってしまい、恥ずかしい。

「とてもよく似合っている。可愛いな」

桐野江様は歩きながら、私に流し目をして微笑んできた。そんな顔で見つめられたら意識をしてしまう。

「ピンク色のワンピースとかベージュのフラットパンプスとか、初めてです」

こんなに女性らしい格好が似合うかどうかなんて、私には分からない。しかし、桐野江様がとても喜んでくれている。

「初めて着た姿を俺が真っ先に見られて光栄だな」

桐野江様はふふっと笑っている。トクン、トクンと胸が高鳴りだし、桐野江様の手の内に落ちてしまいそうだ。

今は口説き文句なんて言われてるわけではないのに、一言一句、胸がきゅんとする。

「明日の服も買い足さないとな。スーツ一着しか持ってきてないんだろう？」

「実は、そうなんです。でも、明日は桐野江様の不動産を見る日ですから、スーツの方が良いかと思ったんです」

お金を使わせてしまうのはこれ以上は悪いと思ったのだ。

「明日の気温は今日よりも上がるそうだ。ジャケットを着ていては暑いだろう」

九月中旬になるが、残暑が厳しくまだ暑い。車の中では冷房がついていたため、ひんやりしていて暑さも気にならなかった。

「遠慮はしなくていい。名目が必要ならば、東京に来てくれたお礼、ということにしておこうか」

私は桐野江様に言われるがままに、別のショップでも洋服を買ってもらうことになってしまった。

今まで男性と付き合ったことのない私はドキドキしていたが、それと同時にやはり自分とは立場上釣り合わない。

一度にこんなにもたくさんの高価なプレゼントをくれるなんて、生活水準も違うと思い始めていた。

しかし、店員さんが選んでくれたフラットパンプスはローヒールでクッションもついていて、とても歩きやすく疲れにくい。スーツに合わせて高めのヒールを履いて来てしまっていたので、新しい靴がありがたかった。

到着した際、車から降りる時によろけてしまったのを見ていた桐野江様が気を遣って購入してくれたのかもしれない。その気遣いに気づいた私は嬉しくて、心が温かくなる。

桐野江様はプレゼントとしてだけではなく、私のことを最優先に考えてくれていた。不器用だけれど、愛情がとても伝わってくる。

「ももこさん、天気が良いからカフェテラスでお茶でもしないか。コーヒーが飲みたい」

「はい、是非」

高層ビルの外に出て少し歩いた場所に桐野江様がお気に入りのカフェがあるという。

建物の外に出ると陽射しが眩しく、気温も高い。

歩いて五分くらいだと伝えられていたが、歩道は行き交う人々で混み合っている。僅かな時間のはずなのに道のりが遠く感じる。

私は歩きながら上ばかりを見てしまい、目をキョロキョロと泳がせて通行人とぶつかってしまった。

「ご、ごめんなさい……！」

「大丈夫か？」

ぶつかったことに気づいた桐野江様は心配そうに私を見る。

「……ごめんなさい、人混みに慣れなくて」

「気にするな。手を繋いでいれば、少しは違うだろう。嫌かもしれないが、少しだけ我慢して」

差し出された手は返事をする前に、私の手を握っていた。すらりと伸びた細くて綺麗な手が私の手を握っているかと思うと、緊張して胸が苦しい。

男性と手を繋ぐなんて、子どもの頃以来だ。子ども同士で手を繋ぐのとはわけが違う。大人同士は、子ども同士とは違って理由なく繋いだりしない。

緊張も解れてきて、桐野江様に繋がれた手が心地良くて安心し始めた時にはカフェに着いてしまった。

カフェはオープンテラスといっても、雨と陽射し避けの屋根はついているし、道路との境目もある。黒を基調としているシックで素敵なカフェ。

「ももこさんは、昼食をあまり食べてなかったんじゃないか？」

桐野江様が希望したカフェテラスに案内され、席につくとそんなことを言われた。

「そんなことはないですよ。きちんといただきましたから」

昼食は十二時前にとり、現在は午後三時過ぎのオヤツの時間。ランチはパスタセットだったのだが、カトラリーが使い慣れていることと緊張もあり、ハーフセットにした。

普段は賄いでご飯をしっかり食べているので、お腹が空いていないと言えば嘘になるけれど……緊張してしまって胸がいっぱいなので特別食べなくてもやり過ごせそうだ。

「お腹の足しになるパンケーキもあるけど、好きなのオーダーして」

桐野江様からメニューを手渡される。手書き風の文字のメニューが綺麗に並んでいて、どれにしようか迷ってしまう。

「あっ、抹茶ラテ……」

普段からドリンクはお茶ばかりの私は抹茶ラテも好きで、このお店にもあると気づき、つい声を上げた。

「アイスにする？　ホットにする？」

「アイスでお願いします」

「俺はコーヒーとホットサンドのセットにする。ももこさんもスイーツ食べなよ」

そう言って、スイーツのページを開いてくれた桐野江様。食べないつもりが、メニューを見ているうちに欲が出てしまう。

「私……、抹茶ラテをやめて黒蜜きなこのクレープにします」

「抹茶ラテをやめなくていいよ。セットにしよう」

私が遠慮していると思ったのか、桐野江様はドリンクセットをオーダーしてくれた。

届いた抹茶ラテと黒蜜きなこのクレープは程良い甘みが絶妙で、とても美味しい。

「このカフェに誰かと来たのはももこさんが初めてだ。この辺りに一人で来た時にふらりと立ち寄るんだけど、ももこさんが教えてくれたカフェのコーヒーに似てて好きなんだ」

「美味しいし、とても雰囲気も良くて素敵なお店ですよね」

「気に入ってくれて良かった」

桐野江様は上機嫌で、ずっと笑いかけてくれる。

勘違いしてはいけないけれど、デートみたいだ。

カフェで一休みをしてから、高層ビルに戻り、話題の映画を観たいという桐野江様の希望で映画館へ行く。高層ビルの中はショップのテナントだけではなく、歯科や映画館など、あらゆるものを取り揃えている。私はすごいと思いながら、桐野江様の後ろをついていった。

映画が終わると時刻は十九時を過ぎていた。

夕食は、ホテルのルームサービス。

夜景を眺めながらの二人きりの食事に終始、ドキドキしてしまう。

桐野江様は私が肩肘張らずに食べられるようにと、箸で食べられる創作フレンチを用意してくれていた。

食事中の話題は今日観た映画の話、桐野江様がお気に入りのカフェの話、今朝のおにぎりの話。母のおにぎりが気に入ったらしい桐野江様は、また食べたいと言っている。

何から何まで心遣いがあり、私の心は少しずつ絆されていった。

四、気持ちが通じ合う

食事が終わり、先にお風呂に入って良いと言われた私。戸惑いもあったが、遠慮なく入ることにした。

洗面台も脱衣場も広く、メイク用のスペースには壁の仕切りがありドレッサーと椅子も置いてある。トイレも広くて、オシャレ。

見ているだけでもお姫様になった気分がして、わくわくしてくる。

お風呂に入る前に鏡の前でワンピース姿の自分を見て、くるっと一周してみた。

ワンピースなんて着たのは、いつぶりだろうか？

桐野江様が似合うと言ってくれて、とても嬉しかった。その瞬間、仕事のことも忘れて、ただの女性に戻ってしまったみたいだ。

言葉の一つ一つに翻弄されてしまい、舞い上がってしまうばかり。

脱ぐのが寂しいがワンピースとはさよならする。またいつの日か、着たいな。

誰に披露するわけでもないが、オフの日に買い物に行く時も着てお出かけしようかな。

お風呂からは夜景が見えるようになっている。

キラキラと輝きを放っている夜景は、普段は見られない光景で心が躍り出す。髪と身体を綺麗に洗って、ゆっくりとジェットバスに腰を下ろすと、夜景を独り占めしているみたいだった。

ジェットバスも大きくて一人では落ち着かないが、ゆったりと背もたれによりかかり、足を伸ばす。

旅館では今頃、夕食の片付けをしている頃かもしれない。

今日、明日と私の代わりに梨木さんが朝から晩までいてくれると言っていたので心配することはなさそうだ。

母に東京土産は有名店の羊羹か最中が良いと言われたが、桐野江様にお店に寄ってほしいとお願いしたら、きっと気を遣わせてしまうだろうから……どうするべきか迷う。

桐野江様に美味しい和菓子店を聞けばすぐにお土産は見つかりそうだ。しかし遠慮しなくて良いと言われても色々と考えてしまい、そうもいかない。

若い子たちには和菓子よりも洋菓子のお土産を用意したいけれど、やっぱり言い出しづらいな。

そういえば、お土産と言えば、桐野江様の職場に手土産を用意していなかった。

自宅に帰宅したら、桐野江様の会社宛にお礼のお菓子を送ろう。

忙しさにかまけて、気遣いができないなんて駄目だな、私は。

桐野江様の方が私よりも、もっとずっと忙しいはずなのに、気配りを忘れていない。

私も常にそうでありたい。

色々と考えごとをしながら、夜景をぼんやりと眺めていたらのぼせそうになった。

私はお湯から出てバスタオルを身体に巻き、熱くなった身体を冷ます。

着替えないままで洗面台の椅子に座り、髪を乾かし始める。

ぼんやりとしながら髪を乾かしていると、私の頭の中にふと疑問が過ぎる。

お風呂から出たら、どうすれば良いのだろう？　パジャマもガウンしかなくて、何だか気恥ずかしい。

最初は目新しいことに喜んでいたが、お風呂から上がった後のことを次第に考え始めていた。

桐野江様はいつまで経っても部屋から出て行く様子はなく、やはり同室のままなのだろうか？　客室にはキングサイズのベッドが一つしかなく、まさかの二人で寝るのだろうか？　と考えてしまう。

こんなシチュエーションは初めてで、尚且つ、恋人同士でもない桐野江様と二人きりだなんて、どう対応したら良いのだろうか？

髪を乾かし終わり、ガウンに着替える。

普段からナチュラルメイクしかしていない私は、スッピンでも変わりないと思うし、汗だくで仕事をしていた時にメイクの溶けた顔を見られているので、そこにこだわりはないのだけれど……。

この後の過ごし方に問題がある気がする。

恐る恐る浴室から出て、桐野江様と交代しようとした。

「桐野江様、お先にいた……」

しかし、桐野江様はノートパソコンを広げたままでソファーで寝てしまっている。

寝顔も整っていてまつ毛が長い。

桐野江様に声をかけようと近づこうとしたが途中でやめて、私はソファーの左横に立ったまま眺めていた。

「ももこさん、風呂から上がったのか？」

桐野江様はうっすらと目を覚まし、頭上にいる私の方を見る。

「ごめんなさい、起こしてしまいましたね」

きっと疲れているんだろうな。

昨日だって仕事終わりに私のことを迎えに来てくれて、今日も朝早くから出発したから。

「いや、構わない。それよりも見てほしいものがある」

そう言った桐野江様は、私の腕をグイッと引き寄せて膝の上にのせる。

「え？　ちょっと待ってください！」

私は咄嗟のことにパニックになりそうだった。

「嫌なら全力で振り切れ。無理強いはしない」

桐野江様に背後から抱きしめられるように座ることになってしまう。

お風呂で熱くなった身体が冷めてきたのに、再び火照り始める。

緊張して、ガチガチに身体が固まってしまう。身動きもできない。

「俺が嫌で硬直してるなら下ろすが……」

緊張していることに気づいた桐野江様は、私にそう尋ねる。

「ち、違うんです……！」

私は咄嗟にそう口走ってしまった。

「違う？　嫌ではないのか？」

「い、嫌とかではなく、こんなこと初めてだから」

聞こえる程度の小さな声で伝える。

「嫌ではないのなら少しずつ、俺にも、スキンシップにも慣れてくれたらいい」

「え？」

突然の展開に思考がついていかない。

「今日こそは確実に仕留めたい。ももこさんが俺を受け入れてくれるなら、全力で愛情を注ぎたいんだ」

そう言われた私は、何も言わずに頷く。

やだ、どうしよう？

どうしたら良い？

どういう対応をすれば良いのかが分からない。

ドキドキしっぱなしで苦しい。けれども、背中に感じる桐野江様の温もりは決して嫌な感じはしなかった。

寧ろ、手を繋いだ時のように心地良い気がする。

私、やはり……桐野江様が好きなのかもしれない。

「これを見てくれるか」

心拍数は上がるばかりで解決策なんて思いつかない中で、桐野江様は私にノートパソコンの画面を見せてくる。

「これって……」

「そう、現段階で考えている今後のプランだ」

どんな旅館にするかの案をまとめた資料だった。現在、旅館で働いている従業員が答えたアンケートも掲載されている。

「無理なこともあるかもしれないが、従業員の希望はできるだけ聞き入れたい」

「ありがとうございます。従業員も喜びます」

桐野江様はホテルを建てたら終わりではないらしい。

桐野江不動産が所有している限りは、従業員もサポートしていくつもりだ。

それをするには並大抵の人では務まらない。桐野江様と彼をサポートしている笹沼様を始めとする優秀なスタッフがたくさんいるのだろう。

従業員ファースト、そんな感じだろうか？

「現在、所有しているホテルでもこのようなアンケートを取り入れているのですか？」

「そうだな。年に一度、従業員に満足度アンケートを取っている」

満足度アンケートを取り、業務委託に依頼して職場ごとに集計するらしい。

「どんなに耳を傾けて改善したとしても、新たな問題を提起され、やめていく者もいるが、このアンケートにより、改善されたからと言ってやめずに頑張ってくれる者もいる」

「桐野江様の会社の従業員さんは、みんな幸せ者ですね」

私は自然と微笑みが出て、ふふっと笑う。

桐野江様は従業員に対しても親身になってくれているのだろう。

奥様と歩み寄れなかったと言っていたが、そんな姿は微塵も感じられなかった。

そのことがきっかけで変わったのだろうか？

いや、元々、桐野江様は優しい方なのだと思う。不器用さが邪魔していただけで、本当はもっと上手くやれたはずだ。

優しい桐野江様に好きな気持ちが溢れていく。

自分の気持ちを自覚してしまうと後には戻れない。

けれど身分差もあり、簡単には越えられない壁がある。

桐野江様は気にしていないのだろうが、私はそれを気にせずにはいられない。以前の奥様は大企業の娘で、再婚相手が潰れそうな旅館の娘だなんて、ありえないよね？

一通り資料やアンケート結果を見せてもらった後に、桐野江様もお風呂を済ませた。

「テレビを観ていたのか？」

ガウンを着て、肩にタオルをかけて半乾きの髪を拭きながら現れた桐野江様。冷蔵庫からペットボトルの水を二本取り出して、一本は私に渡してくれた。

「は、はい。普段は観られないので、歌番組を眺めてました」

落ち着かずに何となくかけていた歌番組。曲を聴いている間は何も考えずに過ごしていた。頭の中にぼんやりと入り込んでいき、通り過ぎていく曲。ほんの僅かだが気が紛れる気がした。

「俺も普段はテレビを観る暇なんてないから、話題のアーティストとか知らないな」

私が座っているソファーの隣に腰を下ろした桐野江様。

「私も同じですよ」

好きなアーティストがいないわけではないが、新しいアーティストは全くと言って良い程、知らない。この曲はどこかで聴いたことがあるな、くらい。

「笹沼にはもっと世の中の流行りに関心を持たないと時代に置いていかれて、古くさいホテルになりますよっていつも言われてる」

桐野江様はおどけるように笑いながら話す。

「あははっ、笹沼様は社長の桐野江様に対して強気なんですね！」

思わず私も声を出しながら笑ってしまい、つい本音を口に出してしまった。

「本当に失礼な男なんだ。秘書のくせに、俺を尊敬もしないし敬ってもいない」

「そうでしょうか？　笹沼様は桐野江様をとても理解していて、サポートしてくれてると思いますけど……」

私は純粋にそう思う。桐野江様の性格を理解した上で、先を見据えてサポートしてくれているはずだ。

「確かに笹沼は、仕事はできる奴だ。たまに、口の利き方が悪いのだが……」

「笹沼様とは仕事以外でも仲が良さそうですが、元々はお友達ですか？」

桐野江様は笹沼様には心を許している気がする。だからこそ、冗談交じりに口の利き方が悪いと言えるのではないか？

「友達？」

友達かと尋ねると桐野江様は目を丸くして驚いたような顔をした。

「はい、とても仲が良さそうでしたので。プライベートなお付き合いもあるのかなって思いまして……」

「奴は自分よりも二つ年下なのだが同期みたいなものだ。桐野江不動産の営業マン時代からの付き合い」

「桐野江様は営業だったのですか？」

まさかの営業という答えに驚く。それから、笹沼様が二つ年下なのに同期なのは何故だろう？

桐野江様は御曹司なのだろうけれど、入社後は他の従業員と同じように一からのスタートなのかもしれない。

「後継者だからと言って、簡単に社長になったわけではない。大学卒業後は二年間は桐野江百貨店で働き、その後は桐野江不動産の営業として下積み時代がある」

「百貨店でも働いていたのですね！」

桐野江様と百貨店。笑顔を滅多に見せないので、失礼極まりないが似合わなさそうな感じがする。

「主に経営戦略の仕事をしながら、経営のノウハウについても学んでいた」

「経営、ですか……」

接客かとばかり思っていた私の視野は狭い。でも、桐野江様に接客されたら、迷っていた品物もつい購入してしまうかもしれない。桐野江様の美力なら、その力もありそう。

桐野江様曰く、お爺様がグループ会長を辞任してお父様が引き継ぎ、お父様が社長だった桐野江不動産を桐野江様が引き継いだらしい。

二年間は一緒に百貨店で働いていたため、笹沼様とは同期のようなものだと考えているようだ。

社長になった時に同じく営業の笹沼様を秘書に抜擢して現在に至る。二歳年下だなんて感じさせないくらいに仲も良く、お互いを理解しながら仕事をしていて羨ましく思う。

「明日も早いし、そろそろ寝るか……」

時刻は二十三時過ぎ。ついにこの時がきてしまった。

私は照れ隠しにいただいたペットボトルの水をごくごくと飲む。

「は、歯磨きしてきますね」

そう言って洗面台に向かうと桐野江様も同じように歯磨きをしについて来た。隣で歯磨きをしているだなんて、何ともレアな光景なのだが……また緊張してきてしまう。

どうしよう？　隣同士で寝るのかな？

スキンシップにも慣れてとも言われたし、大人な関係になってしまうのかしら？

心の準備ができていないままに夜は更けていく。

「ももこさんはベッドを使えば良い。俺はソファーで寝るから」

「え……？」

歯磨きが終わり、身支度を済ませてから戻る。先に戻っていた桐野江様に別々に寝ると言われ、拍子抜けしてしまった。

歯磨きを隣でしながらドキドキしていたが、私が心配していたことは起こらなそう。つまり、心配するだけ無駄だった。

「なんだ？　一緒に寝てほしかったのか？」

私が変に反応してしまったせいで、そう聞き返されて耳まで火照って熱くなる。

私は言葉を発さずにぶんぶんと首を横に振り、否定をした。

「違うのか……」

桐野江様はしゅんとしてしまう。私は桐野江様の子犬みたいな態度に弱いが二人で一緒に寝ることは無理なので、「えっと……私がソファーで寝ますから」と返す。

「招待しておいてそんなことはさせられない。ももこさんがベッドを使ってくれて構わない」

「いや、それは……」

押し問答で収拾がつかなくなりそうな時に「おいで。一緒に寝よう」と桐野江様は優しく笑って手を引き、ベッドに誘導してきた。

辿り着くとベッドの上に座らせられる。

広くて大きなキングサイズのベッドは初めて目にしたのだが、二人だとしてもまだまだ余裕がありそうだ。桐野江様は反対側に行き、掛け布団をめくって身体をベッドの中へ滑らせて横になる。

「早くおいで。ベッドはふかふかで気持ちがいいよ」

ポンポンとベッドの上を軽く叩いて、私が隣に来るようにと促してくる。

私は高鳴りっぱなしの胸のまま、無言でベッドの中へと入った。

「明日は桐野江不動産が手がけたマンションや他のホテルを見学する」

「分かりました」

桐野江様は横になり、私の方向を向いている。見つめられている気がして、目のやり場に困ってしまう。

ドキドキし過ぎて、眠れるかどうかも不安だ。

「もしもの話だが、……ももこさんと結婚したら、一緒に色んな施設を視察しにいく。少しずつで構わないから、俺の仕事を理解してくれたら嬉しい」

「……分かりました」

「俺は、ももこさんと結婚することを諦めてないからな。そのつもりでいてくれ」

「……はい」

私は掛け布団に顔を埋めている。

「っわぁ……！」

顔が見えないように返事をしていたが、桐野江様に掛け布団をめくられた。

「おやすみ。明日は忙しくなるから、ぐっすり寝られると良いな」

掛け布団をめくられた時に桐野江様と目が合って一瞬、ドキッとしたがキスも何もされなかった。

「お、おやすみなさい！」

私の方を向きながら目を閉じた桐野江様。目を閉じているとはいえ、桐野江様と向かい合わせでは眠れない。

私は先に寝息を立てた桐野江様の寝顔をしばらく眺めてから、正面を向いて自分も目を閉じた。

桐野江様に振り回されている私。自分ばかりが意識をしてしまって悔しい。

目を閉じてからも思い出すのは桐野江様と過ごした時間だった。繰り返し、繰り返し、桐野江様の言葉や行動を思い出す。

今夜は、なかなか寝付けそうにないかもしれない。

翌朝、目が覚めると隣に桐野江様はいなかった。慌てて飛び起きるとソファーに座り、ノートパソコンを見ている桐野江様が視界に入る。

「お、おはよう。今朝はももこさんの寝顔が見られて幸せだった」

「おはようございます！　……私だって、桐野江様の寝顔を見ましたよ」

寝顔も見られた挙げ句、寝起きで髪の毛がボサボサの姿も見られるなんて恥ずかしい。アラームもセットせずに寝てしまったからだ。

それに桐野江様より後に起きるなんて、失礼だったのでは？　本来ならば、桐野江様よりも先に起きて、身支度を調えておかなければならなかった。

「遅く起きてすみませんでした……」

「何故、謝るんだ？　俺が勝手に先に起きたんだから気にしないでくれ」

桐野江様は朝からノートパソコンで仕事をしていたようだ。

「ももこさんにも目覚めのコーヒーを淹れてあげるから、着替えておいで」

私は言われた通りに着替えをして、身支度を調える。前日に桐野江様が購入してくれた洋服を身に纏う。

昨日のピンクのワンピースとは別に紺色に小花柄のワンピースを桐野江様が購入してくれたのだ。

「このワンピースも良く似合っているな。着物姿も好きだが、ワンピース姿も可憐で綺麗だ」

私が桐野江様の前まで行くと、そんなことを朝からさらりと口に出された。桐野江様は私を見るなり、くすっと微笑む。

そんな風に言われたことなんて、人生で一度もない私は照れくさくてはにかんでしまう。可憐で綺麗だなんて、褒め過ぎだ。

「さて、ももこさんの分のコーヒーを淹れようか」

私が戻ってきたことを見計らい、ドリップ式のコーヒーにお湯を回しかけていく。

辺りにはコーヒーの良い香りが広がっていった。嗅いだことのある香り。もしかしたらコーヒーは、旅館で出しているのと同じものかもしれない。

「ドリップ式だから、いくつかカバンに忍ばせてきた。社長室にも置いてある」

桐野江様は私の地元のカフェのコーヒーが気に入って、取り寄せしていると聞いた。

エグゼクティブフロアにはお酒やソフトドリンクを自由に飲みに行けるバーコーナーがあるのに、わざわざ持ち歩くなんて、余程このコーヒーが気に入っているみたいだ。

「さぁ、どうぞ」

仕事をしている桐野江様の横に座るように促され、ソファーに腰かける。私が座ったのを確認してから、淹れ立てのコーヒーが運ばれた。

普段はお茶ばかりを飲んでいる私だが、甘めにして飲んでみようと思う。

「あれ？　コーヒーじゃないんですか？」

見た目からして、ミルクたっぷりである。

「いや、いつものカフェのコーヒーがベースだよ。ミルクをバーコーナーでもらい、ハンドスチームで温めた。普段はコーヒーを飲まないみたいだから勝手に甘めにしたけど……」

いつの間にバーコーナーへと足を運んだのだろうか。私が身支度を調えている間に用意してくれたのだとしたら、桐野江様が言っていた〝ももこさんファースト〟そのものだ。

私を第一に考えてくれて、ここまでスマートにこなせるのはさすが桐野江様だと思う。

「いただきます。ふふっ、美味しい！　私のために飲みやすくしてくださり、ありがとうございます」

桐野江様が作ってくれたコーヒーはミルクのまろやかさとお砂糖の甘さが加わって、とても飲みやすく美味しい。ふんわりと優しい味で癒やされる。

「どういたしまして。モーニングが届くまで俺は仕事をするけど、ももこさんは気にせずくつろいで」

桐野江様はマウスでスクロールしながら、画面を確認している。

「分かりました。えっと、桐野江様のお仕事を見ていても良いですか？」

テレビも観たいわけでもないし、音が邪魔してしまうだろう。かと言って、隣にいる私がスマホを操作していたら気が散るだろうから、じっと待っていることにした。

「別に構わない。特別、守秘義務はないものだから、見ていてもいいけど……つまらないと思うぞ？」

「大丈夫です。桐野江様のお仕事を隣から見ていたいだけですから」

私の返答がおかしかったのか、桐野江様はこちらを見ながら笑っている。

「そんな可愛いこと言われたら、ここでいつまでも仕事をしていたいな」

桐野江様の冗談交じりな発言かもしれない。

「か、可愛いことですか？」

「可愛いよ、すごく。発言も、ももこさんも」

笑っていた桐野江様はいつの間にか、真剣な眼差しで私を見てくる。囚われてしまい、目が逸らせない。

「……好きだ」

このタイミングでそう言った桐野江様はマウスから手を離して、私を抱きしめる。

「どうしようもなく愛おしい」

私は手のやり場に困ったが、桐野江様の背中にそっと腕を回してみた。

突然に抱きしめられたのに、やはり嫌じゃない。心地良くて温かい。

「私……、私も……桐野江様のことが好き、です」

心臓が張り裂けそうなくらいにバクバクしているが、勇気を振り絞って小さな声で呟いた。

「今のは聞き間違えではないことを祈るが……、本当か？」

桐野江様の声が耳元で聞こえる。今にも唇が耳に触れてしまいそうだ。

「……はい。どうやら私は完全に堕ちてしまったみたいです」

ごにょごにょと小さな声で必死に伝える。

「可愛いことを言ってばかりいると、食べてしまいたくなるな」

食べる……？

「ひゃあっ」

桐野江様は抱きしめている腕を緩めたかと思えば、いきなり耳に唇を触れさせてきた。突然のことに驚いて変な声が出てしまう。

ちゅ、ちゅ、というリップ音の度に耳にキスをされる。私の身体は縮こまってしまい、桐野江様の背中を指で掴んだ。

「反応も初々しくて可愛い」

耳元で囁かれる言葉に胸の内が蕩けさせられる。

「……は、初めてなんです。こういうの」

「……うん。少しずつ慣れさせるから、覚悟して」

私は何も言えないままに、こくんと首を縦に振って頷いた。

「駄目だ、可愛過ぎる」

桐野江様は深い溜め息を吐くと私の身体を離した。

「もう少ししたら、モーニングが届く頃だろう。食事をして準備が整い次第、出かけようか」

モーニングが届くまで仕事をすると言われた。

私はまだ物事の切り替えができていないのに、桐野江様は平然としている。

「はい、分かりました」

私の心の中は穏やかではなく、浴びせられた言葉が嬉しくて舞い上がったままだ。

桐野江様にキスをされた耳が未だに熱を持っている。

「ももこさん……」

「何でしょうか？」

仕事を再開した桐野江様はカチャカチャと音を立てて文字入力をしながら、声をかけてきた。

「一先ず、お互いの呼び方を変えないか？」

「呼び方、ですか？」

桐野江様はこれからお世話になる社長であり、旅館のお客様でもある。気軽に呼び合うなんて、できないに等しいと思っていた。でも……。

「ももこさんと気持ちが通じた今はビジネスの関係ではあるかもしれないが、もう客ではない。……なので、様付けは遠慮したい」

桐野江様との距離が縮んだと思われる今は、確かに様付けはおかしいかもしれない。

「じゃあ、何て……呼べば良い、ですか？」

「下の名前で呼んでみて」

桐野江様は私の唇に右手の人差し指を当てて、催促をしてきた。

「ゆ、……優希也さん？」

真っ直ぐに見つめられながら言葉に出すのが恥ずかしくて、語尾になるにつれて小さな声になってしまう。

「聞こえないなぁ」

桐野江様は意地悪を言うみたいにそんな風に返し、くすくすと笑う。

「優希也さん！」

「うん、それで良し」

やけくそみたいに名前を呼ぶと、頭をぐりぐりと撫で回される。

「こっち、おいで」

私は手を引かれ、桐野江様もとい優希也さんの膝の上にちょこんと座らせられた。

優希也さんは私のことを背後から抱きしめながら、ノートパソコンを操作している。

「ゆ、優希也さん？」

身動きが取れない。どうしたら良いのだろう？

「座りづらい？　大丈夫か？」

いやいや、そういうことではなくて。

ドキドキし過ぎて頭がパニックになっている。

「ももこが可愛いから、すぐ側に置いておきたいんだ。少しだけ我慢して。もう少しで確認作業が終わるから」

大丈夫かと聞いてきたくせに、優希也さんの膝から下りるという拒否権はないらしい。

さらり、と呼び捨てで私のことを呼んでしまう優希也さんには大人の余裕がある。

私は名前を呼ぶのでさえ、意識してしまったというのに。

私は背後に優希也さんの温もりを感じながら、ただひたすら動かずに、更には黙って座っていた。

「終わった」

しばらくして、作業をする手を止めた優希也さんはノートパソコンを閉じた。

私のことを支えるためにお腹に置かれた左手の温もりが温かい。

「窮屈な思いをさせてごめんな。もう仕事は終わったから、ももことの時間にする」

「んっ、ちょっと……優希也さん！」

優希也さんは首筋に唇を触れさせてきて、私はくすぐったくなり、身体を窄める。

「反応がいちいち可愛い」

私は優希也さんのペースに呑まれ、抵抗できない。

「ももこ、こっちを向いてごらん」

そう言われて無意識に上側を向くと、優希也さんの顔が近づいてきた。目を閉じる前に、優希也さんの唇が私の唇に重なる。

「……そんなに緊張しなくても大丈夫だから。もう一度、しようか？」

人生で初めてのキスは思っていたよりも、一瞬過ぎてあっさりと終わった。

トクン、トクンと胸が高鳴るのを感じながら二回目のキスは訪れた。

「愛してるよ、ももこ」

そう囁かれ、ソファーに押し倒されてゆっくりと身体を横にされた。

何度も触れるだけのキスを繰り返す。

そうこうしていると、朝食のルームサービスが届く時間になり、客室のチャイムが鳴った。

「残念だな、時間切れだ」

優希也さんは私を解放して、客室のドアを開ける。

触れるだけのキスなのに、骨抜きにされたような感じがした。

優希也さんに触れられるのが心地良くて、安心感もある。

いつの間にか、自分でも知らないうちに優希也さんを好きになっていたみたいだ。

気持ちをさらけ出した今、後には引き返せない。

ルームサービスで運ばれた朝食は、サーモンにアボカド、チーズとレタスが挟んであるクロワッサンにサラダ、スクランブルエッグ等がワンプレートにまとめてある。その他、グラノーラ入りのヨーグルトやフルーツと、旅館の和食を中心とした賄いとは偉く違うオシャレな朝食だった。

朝食をとりながらも胸の高まりは収まりそうになく、先程のスキンシップが恥ずかしくて目もまともに合わせられず会話もままならない。しかし、優希也さんに伝えなくてはいけないことがあるために口を開いた。

「あ、あの……！」

「ん？　どうした？」

黙り込みながら朝食を黙々と食べていた私だったが、勢いだけで声をかけた。サラダを食べていた優希也さんは驚いた顔をする。

「元奥様のことを優希也さんが大事にしなかったなんてことはないと思ってます。なので、自分を責めることはしないでくださいね」

優希也さんに勇気を出して告げたのにもかかわらず、当の本人からは何の返答もない。私にはこの件には関わってほしくないという表れだろうか？

「すみません……！　出過ぎたことを言ってしまって」

私は優希也さんを不快にさせた挙げ句に傷つけてしまったような気もして、手に持っていたカトラリーを皿の上に置いて謝る。

「いや、違うから！　謝ってほしかったわけじゃなくて、ただ少し驚いただけだ。そんな風に考えてくれてありがとう」

「え、いや、……すみません」

優希也さんは真っ直ぐにこちらを見ながら不意打ちで笑みを浮かべたので、私は照れくさくてまた謝ってしまった。

「ははっ、また謝ってる。俺は優しい気持ちの持ち主のももこが大好きなんだ。これからの人生をももこと過ごせることに感謝する」

「こ、こちらこそです……！」

優希也さんがにこにこ笑っていると普段とのギャップがあり過ぎて、調子が狂う。

本人に元奥様のことの責任を感じてほしくないのだが、第三者の私が口を出す問題でもないので自分の気持ちだけを伝えた。この問題に関しては、優希也さんの中には深い闇があるかもしれず、深追いはしてはいけない。

私は私で、優希也さんの心の傷を癒やしていけたら良いなと考えていた。

ホテルの部屋に二人きりになってからというもの、優希也さんは私に甘く接してくる。

終始、ドキドキが止まらなくて胸がどうにかなってしまいそう。

「ももこ、名残惜しいがそろそろ、迎えの車が来る時間だな」

朝食を済ませ、手荷物をまとめた。

客室から出る前にも、ぎゅっと抱きしめられる。

「ゆ、優希也さん？」

「次はいつ、こうして、ももこに触れられるんだろうな。仕事なんてせずにずっとこうしていたい」

私も優希也さんと二人きりで、もっとずっといたい。

こんなにも甘くて優しい優希也さんが、以前の奥様とは仲違いをしていただなんて信じられない。

「私、こんな気持ちになるのが初めてで……どうしたら良いのか分かりません」

優希也さんの背中をぎゅっと抱きしめ返して、温もりを確かめる。

「こんな気持ち？」

「そうです。好きな気持ちがいっぱいで苦しいです」

私は優希也さんの胸板に顔を埋める。

以前の奥様の分まで、優希也さんを幸せにしたい。そんな気持ちが溢れ出してしまいそうになる。

「俺も同じだ。ももこを地元に返したくないし、何ならこのまま永久に隣にいてほしい」

優希也さんは私の頭を優しく撫でてくれる。

「私は……経営難の旅館の娘ですけど、本当に大企業の社長さんの優希也さんとお付き合いしても良いのでしょうか？」

「そんなことを気にしてたのか？　そんなのは関係ない。俺の方こそ、肩書きのせいで、ももこに窮屈な思いはさせない」

優希也さんが関係ないと言ってくれたのだから、私も覚悟を決めよう。

この先、優希也さん以上に好きになれる人なんて現れないと思う。だからこそ、優希也さんのお役に立てるように私も努力しよう。

「私、優希也さんの隣にいても恥じないような人になります」

「今のままで充分だ。背伸びしなくていい」

優希也さんは優しく微笑んで、私の顎に指先を触れて顔を上向きにすると唇を重ねてくる。

何度目のキスか分からないけれど、私はすんなりと受け入れられる程になっていた。

ホテルの外に出るとロータリーに車が横付けされていた。

昨日はショッピングモール側から入ったけれど、今日はホテルのロータリーから車に乗ることになっている。

「おはようございます、桐野江社長と山吹様」

ホテルのエントランスを抜けると、ロータリーに国産の高級車が停まっていた。運転手さんが降りてきて、ドアを開けてくれる。

私は運転手さんにお礼を伝え、車に乗り込む。

笹沼様とは一軒目のホテルで待ち合わせ後、合流した。

その後は優希也さんの予定通り、手がけたマンションやホテルなども見せてもらう。

見慣れない景色と様々な場所で気を遣ったせいか、私の身体はぐったり気味だった。

最後に紹介されたのは、優希也さんの以前の奥様の弟だった。ランチを兼ねての対面で、笹沼様も同席している。

「初めまして、一級建築士の知花《ちか》と申します。この度、旅館事業のリノベーションのお手伝いをさせていただくことになりました」

「私は山吹ももこです。よろしくお願いいたします」

弟さんは知花さんといい、一級建築士。髪もサラサラしていて、目鼻立ちがぱっちりしている美青年。

知花さんから想像するに、以前の奥様は相当な美人だったのでは？　私とは大違いだ。

車の中で予め、元義理の弟だと知らされていたので初対面でも戸惑いはなかった。挨拶を交わすと知花さんは笑顔で握手をしてくる。私は第一印象からして、感じの良い方だな、と思う。知花さんは優希也さんの元奥様の弟なので、大切な人に違いない。優希也さんの大切な人ならば私も信頼することができるし、関係性を壊さないように務めなければならない。

この時はまだ何も知る由もなかったので知花さんにはそういう良い印象を抱いたのだが、後々に崩れ去ることになるとはこの時点では予想もつかなかった――

「知花は腕利きの一級建築士だ。大船に乗ったつもりで安心して任せてほしい」

「褒め過ぎるのも、嫌味に聞こえますよ」

「そうか？　俺はいつでもそう思っているけどな」

知花さんは優希也さんに動じずに発言をして、二人は笑い合った。仲睦まじい感じさえする。

知花さんは元々、桐野江不動産で働いていたと聞いた。

一級建築士ということもあり、優希也さんが以前の奥様とご結婚されたタイミングで他社から引き抜いたと教えてもらう。

しかし、姉である優希也さんの以前の奥様がお亡くなりになってからは、退社をしてしまった。それからはフリーランスとして活躍し、桐野江不動産とは業務提携という形を取っているらしい。

「彼は三十になったばかりだから、ももこさんの方が年齢が近い。こうしてほしいという要望があれば、リモートで会話ができるので相談してほしい」

優希也さんがそう言うと、「これ、名刺です。ここには載せてないけど、メッセージアプリからでも気軽に連絡してくださいね」とにっこり笑いながら名刺を手渡された。

知花さんとメッセージアプリのＩＤを交換し、今日のところは挨拶だけで終了した。

知花さんと別れ、暗くなる前には東京を出発した。

「俺とはＩＤを交換してくれなかったのに、何故、簡単に知花とは交換したんだ？」

車に乗ってすぐのこと、優希也さんはヤキモチを妬いているのかそう尋ねてきた。

「あ、あの時は……優希也さんは旅館のお客様でしたから。でも、今は違いますから、交換しましょ？」

そういえば、優希也さんとは連絡先を交換していないままだった。私は慌てて、拗ねている優希也さんを宥める。

メッセージアプリのＩＤの二次元バーコードを開き、私のを優希也さんのスマホに登録してもらう。それから、電話番号も入力する。

私のは教えていなかったが、優希也さんの番号は以前にいただいた名刺から知っていた。しかし、名刺は自分の部屋に大切にしまってあって、登録はしていないままだ。

「ついでに私にも教えてください！　旅館に電話するよりも、個人の電話の方がかけやすいですから。予約電話も邪魔しなくて済みますしね」

助手席に座っている笹沼様がスマホを持ちながら後ろを振り向いている。

「笹沼、お前は駄目だ」

優希也さんは速攻で拒否をした。

「何故ですか？　ヤキモチを妬いてるんですか？」

ニヤニヤしながら笑っている笹沼様に対して、優希也さんは動じない。

そんな会話を聞きつつ、私の瞼は重くなっていった。二人の会話が次第に聞こえなくなり、私はいつの間にか意識を手放していた――


「ももこ……？」

呼びかけられて、うっすらと瞼を開けるとぼんやりと優希也さんの顔が真上に見える。

「あれ？　旅館？」

飛び起きると見慣れた景色が目の前に広がっている。

「そうだ。随分と深い眠りだったようで、声をかけても起きなかったぞ」

ゆっくりと辺りを見回すと旅館の駐車場に到着していた。

どうやら私は、帰りの車で寝てしまっていたらしい。しかも、優希也さんに膝枕してもらっていたようで申し訳ないことをした。

慣れない都会での疲れと、優希也さんと一緒のベッドだったので緊張して寝不足気味だったのも重なったのだと思う。

「ごめんなさい、寝てしまいました」

「謝ることはない。笹沼たちは旅館でお茶をごちそうになっている。俺はももこの寝顔を見て、起きるのを待っていただけだ」

優希也さんはそう言って車から降りると、腕を空に向かって伸ばして背伸びをしていた。

私も車から降りると「あれ？　ももこちゃん！　今、起きたの？」「おかえりなさい」と従業員が出迎えてくれる。

いつでも優しい雰囲気のこの旅館が大好き。しばらく、東京でのことを根掘り葉掘り聞かれることは覚悟しなきゃ、だ。

優希也さんとの恋路は誰にもまだ話さないつもり。まだ始まったばかりで何も分からないもの。

「桐野江様！　たくさんのお土産をいただき、ありがとうございます。従業員もとても喜びます」

「笹沼が見繕ったお菓子ですが、よろしければ皆様でお召し上がりください」

旅館の中に入ろうとすると、母が外まで出てきてお礼を言っている。

そういえば、お土産のことを言い出せぬままに帰宅していた。しかし、優希也さんは従業員に充分に行き渡るくらいのたくさんの箱菓子を用意してくれていた。

中には、母が食べたいと言っていた高級店の羊羹も用意されている。笹沼様のことだから、もしかするとリサーチ済みだったのかもしれない。

優希也さんと笹沼様の気遣いが嬉しくて、私は心の内が温かくなる。

夕食を……と優希也さんたちに勧めたのだが、三人は明日も仕事だからと慌ただしく出発してしまった。

私は旅館の仕事はせずに帰宅し、部屋に入ると、茶の間の畳の上に足を伸ばして座った。

優希也さんとの日々が嘘だったように、自宅は静まり返っている。

夜中でも煌めいているネオンもないし、クラクションの音も聞こえない。人も少ない。

多少の疲労感は残るが地元にはない楽しさがいっぱいな都会も魅力的だ。けれども、やっぱり自宅が落ち着く。畳だとすぐにゴロゴロもできるから。新しいい草の香りも好き。

私はお礼を言おうとスマホを取り出してメッセージアプリを開くと、タイミング良く優希也さんから電話がかかってきた。

「優希也さん？　どうしたんですか？」

『良かった、ちゃんとももこのスマホだった。今、パーキングエリアで休憩中だから電話した』

電話の向こう側が少しだけ騒がしい。

「ふふっ、ちゃんと私のスマホですよ」

『リノベーションを含め、今後のことはまた改めて連絡する。じゃあ、着いたら連絡入れるから』

「わ、分かりました！　お気をつけて」

後ろから、優希也さんを呼ぶ笹沼様の声が聞こえる。

帰り道に電話をくれるなんて、まるで恋人みたいだと思いながらドキドキしてしまう。でも、私たちは想いを伝え合ったのだから、みたいではなく、恋人同士だよね。

優希也さんからは東京に着いた時と寝る前におやすみのメッセージが届いていた。

絵文字やスタンプなどはなく、文字だけのとてもシンプルなもの。

シンプルだとしても、こまめに連絡をくれることが嬉しくて、ぎゅっとスマホを握りしめながら眠りについた。

その後も優希也さんは打ち合わせ等で、週一か十日に一度の割合くらいで旅館に訪れていた。日帰りなので新幹線で来る日もあり、優希也さんを旅館の送迎バスが駅まで迎えに行くこともあった。

その度に私とほんの僅かな逢瀬を重ね、東京に帰っても電話やメッセージもほぼ毎日くれる。

優希也さんが旅館に来た時には両親にも従業員にも今度どうしたいとか、要望を聞き入れたり、旅館を買い取るだけではなく、親身になって話を聞いたりしていた。

そんな姿を傍で見ていた私は、仕事のためだけではない優希也さんの優しさに益々惹かれていく。

そんな日々が三ヶ月くらい続き、私の休みに合わせて日帰りではなく久しぶりに旅館にお客様として泊まりに来た優希也さん。

プライベートだからと、私の地元でデートを楽しむ。

その晩、地元ホテルのフレンチのコースに招待された私。

「初めて、フレンチのコースをいただきました。お魚もお肉もとても美味しくて、味付けも新鮮でした」

見た目も上品で光沢感があり、ナイフで切るとソースが溢れ出してきたり、たくさんの驚きがあった。和食同様に素材の味を活かした料理に舌鼓を打ち、残さずに食べる。

テーブルマナーに不安もあったが、優希也さんのサポートにより何とかなるものだ。さすがに優希也さんは手馴れているようで、スマートに食事を楽しんでいた。そんな姿も格好良くて、惚れ惚れしてしまう。

実際、優希也さんを見る従業員の目が好意的なことに気づく。優希也さんはやはり、女性従業員の目を引いてしまうくらいに素敵な人なのだと再確認する。

「ももこのおかげで旅館経営のことも順調に進んでいる。ありがとう」

優希也さんからお礼を言われるが、私は橋渡し役くらいしか役には立っていない。

しかし、優希也さんは私のことも感謝していると常に伝えてくる。

「いえ……、こちらこそなんです。初めは不安でしかありませんでしたが、従業員も今では旅館が生まれ変わる日を心待ちにしています」

それは優希也さんが旅館自体にも従業員にもきちんと向き合ってくれているからだ。

「そうか……。それは良かった」

優希也さんは柔らかい物言いをして微笑んだ。私は優希也さんの外見だけではなく、内面の優しさにも心奪われてしまっている。

もう引き返せないくらいに好きな気持ちが膨れ上がり、今にも弾けてしまいそうだ。

「デザートが届く前に……渡したい物がある」

「……？　はい」

優希也さんは何やら、スーツのポケットから水色の小さな箱を取り出す。

「山吹ももこさん、俺と結婚してください」

そう言いながら、小さな箱から指輪を取り出す。

指輪には光り輝くダイヤモンドがついていて、少しだけピンクがかっている気がする。

「もう、ここまで用意されたら逃げられませんね」

私はその指輪が紛れもない婚約指輪だということに感激し涙ぐみながら、左手の薬指に指輪を嵌めてもらう。

「一生をかけて守り抜きたい」

優希也さんの真剣な眼差しに囚われて逸らせない。

「……はい。こんな私ですが、よろしくお願いします」

私は優希也さんのことが好き。この先、他の誰かを好きになることなんか考えられないくらいに好きで仕方がない。

「こんな、ではなくて、今のままのももこがいいんだよ」

「あり、がと……ござ、います」

私は我慢していた涙が頬を伝わり、流れ落ちた。優希也さんは持参していたハンカチで涙をポンポンと軽く叩くように優しく拭いてくれた。

「良かった、サイズがぴったりで」

指輪を嵌めてくれた後、安心した様子の優希也さん。

「いつの間にサイズを測ってくれたんですか？」

「それは内緒」

婚約指輪は仕上がりまでに時間がかかると聞いたことがあるので、きっと私が隣で寝ている時かもしれない。

「ダイヤモンドがピンクに見えます。可愛い！」

「詳しくは分からないがピンクダイヤモンドという、特別な物らしい。ももこにちなんで、ピンクを選んだだけだ」

優希也さんはストーンが持つ意味合いとか気にしない人だろうから、私の名前の持つイメージに合わせてくれたのだと思う。

後に調べるとピンクダイヤモンドは希少価値があり、色が濃いほど高価な物だと知る。

優希也さんはジュエリーショップに行った時にピンクダイヤモンドが目に入り、桃の色だと思ったそうだ。ピンクダイヤモンドの色の度合いのオーダーも、『桃の色に近いもの』と言ったらしく、それを聞いた時は思わず笑ってしまった。

ピンクダイヤモンドの石言葉は〝完全無欠の愛〟だということを知り、私は更に嬉しくなる。優希也さんは知らない振りをしているが、照れくさいから隠しているだけかもしれない。

私は、自分のことを一途に想ってくれている、そんな優希也さんに絆され、様々な不安もあるが結婚を承諾した。

「優希也さんのデザートが届かないですね？」

「俺の分のデザートはももこにあげてほしいと頼んでおいた。心配しないで、食べて」

デザートは頃合を見計らってくれていたらしく、指輪を嵌めてもらって少し経過してから届いた。

私のお皿には二種類のデザートがのっているのはそういうわけだったのか。

「食べながらで良いから、最後に見せたいものがある」

優希也さんはレストランスタッフからタブレットを預かり、私に画面を見せる。

それは、三階建ての一軒家だった。

「ももこと暮らすための新居だ。一階にはビジネススペースとガレージもある。二、三階は生活スペース。屋上はガーデニングしたり、やろうと思えばキャンプもできる」

私は言葉が出なかった。

結婚を了承していない間に、ここまで話が進んでいたのか、と。

「ももこが結婚してくれることを前提に購入した。俺はももことしか結婚したくないし、ももこが断るのならば一人寂しく余生を過ごそうかと思っていたんだが……」

「本当に強引ですね！」

強引な人だとは理解していたが、ここまで強引だとは思わず、私はおかしくて笑い出してしまう。優希也さんも自然とクスクスと笑っている。

夕食後は優希也さんの車に乗り、旅館まで向かう。

左手の薬指に嵌めてもらった指輪を眺めては、幸せを噛み締める。

旅館に到着して、客室には上がるわけにもいかずにここでお別れかと思いきや、優希也さんは客室に戻らずに自宅までついてきた。

「優希也さん、自宅に来てもコーヒーくらいしかありませんよ？」

「それでいいよ」

優希也さんが初めて自宅に来る。

古い家だが、小綺麗にはしているつもりなので、急に上げても大丈夫だろう。

自分の部屋に招くのは少し身構えてしまうが、片付いてはいると思う。

夜八時を過ぎだが、まだ両親は帰宅していないはずだ。帰宅したら真っ先に結婚話の報告をしたい。

「明かりがついてる」

自宅まで近づき、私はボソッと呟く。

玄関を開けると両親が玄関先の小上がりに正座をして待機をしていた。何故、玄関先で待っていたのかと両親の不自然な行動に疑問を持つ。

「桐野江様、お待ちしておりました」

「無理言って申し訳ありません。お邪魔いたします」

母が挨拶をすると優希也さんが返答した後、客間へと案内される。

私もついていくと、両親とは対面に座るように父から促された。母はお茶の準備をしにキッチンへと姿を消した。

「お父さん、今日はどうしたの？　早く上がれたんだね。私も今日、お父さんとお母さんに報告したいことがあるの」

「ももこ、少し落ち着きなさい。話はゆっくりと聞きますから」

私が優希也さんから嵌めてもらった指輪を見せびらかそうとした時、母が優希也さんの好きなコーヒーを淹れてきて、キッチンから戻ると私と対面になるように腰を下ろした。

母は私の落ち着きのない行動に溜め息を吐く。

隣に座っている優希也さんは、母に怒られた私を見て笑いを堪えている。

父は私の行動が恥ずかしかったのか、咳払いをした。

「桐野江様、本当に落ち着きのない娘でごめんなさいね。コーヒーをどうぞ」

母は苦笑いをしながら、優希也さんにコーヒーを差し出し、私たちにはお茶を出した。優希也さんは「ありがとうございます。いただきます」と言って、温かいうちにカップに口をつけた。

その後、畳に指先をつけて深々とお辞儀をする優希也さん。

「ももこさんと正式に婚約することとなりました。今後とも、どうぞよろしくお願いいたします」

優希也さんのスマートな身のこなしにきゅんとする。

「桐野江様、頭を上げてください。こちらこそ、ふつつかな娘ですがよろしくお願いいたします」

父はそう言って頭を下げると、母も同じように頭を下げた。

もしかしたら、今日のこの日は仕組まれていたのでは？　と気づいてしまう。

優希也さんは、プロポーズをすることを両親に予め伝えていたのではないか？　そんな気がしてならない。

「ももこ、幸せになるのよ。ももこなら大丈夫、どこでだって上手くやっていける。だって、私たちの娘だもの」

母は涙ぐみながら、「おめでとう」と何度も言ってくれる。

この先は今まで通りの暮らしなんてできない。

優希也さんと結婚するということは、大好きだった旅館ともお別れしなければならないということだ。

そのことに不安があるわけではないけれど、いつの日か母に言われた言葉を思い出す。

『ももこは自分の幸せのことも少し考えなさい！』という言葉は、私の桐野江様に対する気持ちに母が気づいていた故だったのだと思う。

私が昼寝をしてしまい仕事に穴を空けてしまった時から、私がいなくても旅館がまわるように、母は考え出してくれていたんだ。

家族や従業員を信頼しているつもりでも、自分がいなきゃ……と心のどこかで思っていたかもしれない。

旅館自体もリノベーションして変化を遂げる時だからこそ、私も自分自身の幸せとも向き合ってみても良いだろうか。

これから先、旅館も私自身も苦難が待ち受けているかもしれないけれど……。私の大好きな旅館のリノベーションについても、真剣に向き合っていきたい。そうすることで旅館にも恩返しをできると信じている。旅館とはお別れではなく、新しい一歩として前向きに考えたい。

私たちなら大丈夫。きっと乗り越えられる。

五、幸せな明日へ

優希也さんとの結婚が決まり、桐野江家にも挨拶をしに行くことになった。

優希也さんと笹沼様は仕事の都合で一緒には来られなかったのだが、専属の運転手さんが自宅まで迎えに来てくれて、東京に向かう。

日取りの良い大安には優希也さんの仕事の都合もあり、隙間時間に挨拶をしに行くことになった。

優希也さんの住むマンションまで送迎されて、約束の時間まで近くのカフェで待機するように言われる。

いつもお世話になっているので運転手さんにも地元では有名な和菓子店のお土産を渡し、優希也さんのお家と笹沼様の分も用意していた。

スマホを見つめていても落ち着かず、抹茶ラテをオーダーしても飲み干してしまう。

二杯目は飲み慣れないカフェオレをオーダーしたのだが、思いの外、ミルクがたっぷりで美味しかった。

「ももこ、随分待たせてしまったな」

優希也さんは笹沼様の運転する車で現れた。今日は笹沼様所有の車らしく、女性にも人気のありそうなデザインのパールホワイトのSUV。車種は違うがどことなく優希也さんの車と似ていて、二人はお互いに趣味が合うのだろうな、と連想できる。

そのまま、桐野江宅に送迎してくれるということで図々しいながらもお願いする。

笹沼様にお土産を手渡すとすごく喜んでくれて、『甘い物は好きじゃなかっただろ？』と優希也さんが突っ込みを入れていたが、『彼女と食べますから』と返していた。彼女がいるのか？　との問いに笹沼様は無視をしている。

桐野江家のご両親にお会いするということで緊張していたのだが、二人の会話のおかげで解れた気がする。

笹沼様に送ってもらい、桐野江家に到着すると広い庭のある洋風の大きな建物が目に入った。

門は両開きになっており、車は入らずに門の前で降ろしてもらう。

優希也さんは門のセキュリティを解除し、重そうな扉を開けて、先に歩いていく。

「ももこ、緊張しなくて大丈夫だから」

そんなことを言われても、緊張しないわけがない。

いざ玄関の前に辿り着くとお手伝いさんが出迎えてくれて、客間へと案内される。

ご両親と挨拶を交わした後、お手伝いさんがフルーツいっぱいのショートケーキと紅茶を出してくれた。

「ももこさんは優希也とは年齢が十も違うんだね。可愛いお嫁さんをもらえて、桐野江家も幸せだな」

優希也さんのお父様は朗らかで、真っ黒な黒髪をオールバックにしている中肉中背の方。

「この際、お世継ぎをまともに産んでくれさえすれば、どんな女性だって構わないわ」

お義母様は黒髪に青い艶が入ったカラーリングをしていて髪の長さはショート。ショートヘアが似合う小顔の鼻筋の通った美人。

優希也さんに顔は似ているけれど、言い方がきつい感じがする。

「こらこら、またお前はそんな言い方をして！」

お義父様は優しく宥めるが、「あら、貴方だって、孫に会いたいでしょ？　優希也も良い歳になったのだから、早めに孫の顔を見たいものだわ」とお義母様は返してくる。

それに付け加えるようにして、人間ドックと婦人科に検査に行くように促された。

ご両親、特にお義母様は以前の奥様のことがあるので、初孫が産まれるのを楽しみにしている。

「桐野江家の後継者として、立派な子どもを産んでもらわないと困るのよ！　まぁ、貴方は年齢もまだ若いし、二人くらいは授かるように努力してちょうだい」

私のことが気に食わないのか、それとも孫のことしか眼中にないのか。初見から嫌味のように刺々しい態度を取られた。

「母さん、そういう態度を取るなら、桐野江家の敷居は二度と跨がないことにしようと思うが……」

私が縮こまって何も言えずにいると、優希也さんが助け舟を出してくれた。

「まぁ、優希也も随分と生意気な口を利くようになったものね。好きにしてちょうだい」

険悪なムードが漂い、収まるどころか騒ぎが広がる気さえする。

「わ……分かりました、お義母様がおっしゃる通りに近いうちに人間ドックと産婦人科の検査に行きます。も、もしもおすすめの病院がありましたら教えてください！」

私は勇気を出して、お義母様に伝える。

赤ちゃんは天からの授かりものだから、絶対に産まれるとは言えないけれど、できる限りの努力はしたい。

「貴方がそこまで言うなら、探しておくわね。その時は運転手にお迎えに行かせるから、日程が決まったら空けておいてくれないかしら」

「はい、ありがとうございます」

「それから、日を改めて挙式の日取りなども打ち合わせしましょう」

お義母様は私が病院に行くと話すと機嫌が良くなったようで、にこにこし始めた。

「でも、アレね。結果によっては結婚は破談ということにしてくれないかしら？」

少し間を置いてから、そう告げられた。

「破談、ですか？」

「そうよ。桐野江家は後継ぎが必要なの。そろそろ、優希也にもお見合いさせようとしていたところに貴方が現れたのよ。そういう覚悟もしておいて、ということよ」

「……分かりました。でも、絶対大丈夫だと思うんです」

私は宣戦布告と受け取り、にっこりと微笑む。

「大した自信ね。まぁ、いいわ。優希也を通して連絡するわね」

そう言い残して、お義母様は客間を出て行ってしまった。

「ももこさん、私の妻があんなで申し訳ない。気分を害してしまったと思うが……妻は孫の顔を楽しみにしてるんだ」

お義父様は申し訳なさそうに、しょんぼりとした面持ちで私に向かって話す。

「はい、充分に伝わりました。これからも優希也さんと一緒にいるために努力はします」

「ありがとう、ももこさん。さて、ケーキを食べようか。このケーキは老舗洋菓子店のもので、優希也が小さい頃は大好物だったんだ」

「いただきます。フルーツいっぱいで美味しそうですね」

ケーキにはメロンやぶどう、苺などたくさんのフルーツをふんだんに使用している。見た目は可愛いけれど、ボリュームもありそう。

現在の優希也さんは甘い物は苦手そうだけれど、小さい頃は大好物だったんだ。知らない優希也さんを知ることができて嬉しい。

お義父様は優しさ溢れる方だが、お義母様とは一筋縄ではいかなそうな予感がする。

後日、優希也さんのお母様の紹介により、人間ドックと産婦人科で検査を受けてきた。どちらも問題はなく、身体は健康そのものだったので、桐野江家にも結婚を認めてもらえることになった。

私は検査結果が出るまでは正直なところ不安でいっぱいで気が気じゃない日々を過ごし、やっと肩の荷を下ろす。

検査結果に問題がないことにより、優希也さんの不安も取り除くことができたのでは？　と考える。優希也さんと一緒に幸せになるためには元気な赤ちゃんを産んで、お義母様も安心させてあげたい。私だけが幸せになるのではなく、家族みんなで幸せになるのが私の願いだ。

その後は慌ただしく結婚準備をし、十二月のクリスマス前に挙式を済ませる。その間にも新規事業の旅館の話もどんどん進んでいき、私も優希也さんも目まぐるしい日々を送っていた。

挙式は一度だったが、披露宴は二回執り行われた。お互いの親戚一同を中心に集めた披露宴は私の地元のホテルで行われ、十二月ということもあり肌寒かったのだが、チャペルでの挙式は晴天に恵まれたのが救いだった。二回目の披露宴はチャペルでの挙式はなく、優希也さんの仕事関連の方が多く集まり、大規模なものだった。両親と旅館の関係者が数名出席したのだが、規模の大きさに驚き気疲れしてしまったようだ。

私も披露宴後はどっと疲労が出て、帰宅後は倒れ込むように朝まで眠ってしまう。その後、少しの期間を空けて一月頃に私たちは海外に新婚旅行に来た。

海なし県に住んでいる私は、透き通っていて太陽の陽射しが反射するとキラキラと光る綺麗な海に憧れがある。

桐野江様と相談して訪れたのは、モルディブ。

モルディブは日本の雪の降る季節の一月、二月がベストシーズンらしい。

日本人観光客も多く、治安も悪くないので安心して過ごせる。

宿泊先からプライベートビーチまでは徒歩一分もかからず、海を独占しているような感覚がある。

初めての海外に心躍らせている私は、日常生活を忘れてずっとはしゃいでいた。

「優希也さん、地元では雪が降ってるかもしれないのにモルディブは夏みたいなんですよ。不思議ですよね！」

「そうだな」

泳ぎ疲れて、客室に戻って来てソファーに寝そべっていた。私たちはドリンクを飲みながら、まったりとした時間を過ごす。

宿泊先は一棟貸しのコテージタイプで、簡単に海に行き来できる。

まだ初日なのに、日も長く、非日常の空間では時間がたくさんあるような気がして、夜がくるなんて思わなかった。しかし――

「ももこ、遊び疲れて先に寝ないようにな」

「え？」

ソファーに横になっていると、次第に瞼が重くなってきた。今にも寝てしまいそう。

「先に寝られるのは困る。今日は大切な初夜だ。そのことを忘れるな」

「しょ、初夜……！」

優希也さんと初めてお泊まりしたのは、東京行きの時だ。その時はお付き合いしているわけでも何でもなく、隣で一緒に眠っただけだった。

それからも、優希也さんとはキス止まりでその先はない。

「そう、初夜だ。この日を待ちわびていた俺を褒めてほしいくらいだな」

優希也さんはニヤッと笑いながら、冗談交じりに言ってソファーから降りた。

私は優希也さんから言われた〝初夜〟というキーワードで頭の中がいっぱいになってしまう。それにより、眠りかけていたのに目が覚めた気がする。

「夕食まで時間があるから、ゆっくり風呂に入っておいで」

「……はい」

私は優希也さんの意見に従ってお風呂に向かうことにした。

あれ程、寝るなと言った優希也さんはといえば、ベッドに寝転がっていた。

人には寝るな、と言ったくせに。

私は横目でチラッと優希也さんを見ながら、お風呂へと移動する。

お風呂もリゾートらしく、開放感が溢れていた。

波の音が微かに聞こえてくるお風呂で、ゆっくりと足を伸ばして入る。

旅館の露天風呂とはまた違う空間。ゆっくりと日が暮れていくのを眺めながら、優希也さんとの一日を思い出していた。


「優希也さん、先にお風呂いただきました」

お風呂から上がって、優希也さんのいるベッドまで足を進める。

すぅすぅと心地良さそうに寝ていた優希也さん。ポスンと隣に横たわる。

優希也さんが寝ているのだから、私も少し寝ちゃおうかな。

「……上がったのか？」

「ゆ、優希也さん？　起きたんですか？」

優希也さんは私の気配に気づき、ぼんやりと瞼を開ける。

「……あぁ」

「ちょ、ちょっと！」

ギシッ。スプリングの弾む音がして、優希也さんが私の上に馬乗りになる。

「寝るな、って言っただろ？」

真上から優希也さんに見下ろされて、私は視線を外してしまう。

首筋に唇を触れさせて、額や頬にもキスをされる。

「ゆ、優希也さん？」

「ももこが寝ないように、ちょっと遊ぼうか？」

妖艶な笑みを浮かべて、私の唇にかぶりつくようにキスをしてくる優希也さん。

今までは唇が触れるだけのキスだったので、こんなのは初めて。

繰り返されるキスに、身体が蕩けてしまいそうだった。

次第にトップスの中に手を入れられ、直に肌を触られる。恥ずかしくて身体を捩ってしまう。

「ももこ、愛してる」

優希也さんが私のトップスを脱がせようとした時、アラームの音が鳴った。

「残念、食事の時間だ。続きはまた夜に」

時間が過ぎてしまわぬように、夕食の予約時間の少し前にアラームをかけておいた。

優希也さんは残念そうに私から身体を離す。

私はドキドキしっぱなしなのに優希也さんときたら平然とした顔をして、ベッドから降りていた。切り替えが早くて憎たらしい。

そそくさと身なりを整えて、私もベッドから降りてレストランに行く準備をする。

「今夜は一緒に酒を飲まないか?」

「はい、一杯だけなら」

優希也さんに手を差し伸べられ、私たちは手を繋いでレストランまで歩く。

優しい明かりの灯った海辺がすごく素敵でロマンティック。

「綺麗ですね、夜の海も」

「そうだな。そのうち、日本の綺麗な海も見に行こう」

優希也さんは、私が国内の南の海には行ったことがないことを知っている。いつの日か、優希也さんと行ける日が待ち遠しい。

「ふふっ、楽しみにしてます。海って不思議ですよね、眺めてるだけで癒やされる」

「そうかもしれないな。心が浄化されるような気がする」

歩きながら海を眺めている優希也さんの横顔が、どこか悲しそうに見えた。もしかしたら、前の奥さんを思い出してしまったのだろうか?

私はぎゅっと力強く、優希也さんの手を握る。

「ももこ？　どうした？」

優希也さんは驚いた顔をして、私を見下ろす。

「あの……！　天国にいる奥様も、もう許してくれてると思います。優希也さんは充分に苦しみましたよね？　私じゃ力不足かもしれませんが、苦しみから完全に解放してあげたい……です」

私たちは夫婦になったのだから、優希也さんを思い悩ませていることから解放させてあげたい。私からも元奥様に心の中で謝罪するので、どうか、もう苦しみから解放してほしい。

優希也さんにも幸せになる権利はあるはずだ。ずっと気の毒に思っていたが、苦しみ抜いた分を私が幸せにしてあげたい。

本人はそっとしておいてほしいかもしれないが、夫婦になって新婚旅行に来た今だからきちんと伝えたかった。

立ち止まった優希也さんは手を離し、私を抱きしめる。

「ありがとな、ももこ」

ぎゅっと力強く抱きしめられて息苦しいくらい。

痛いくらいに分かる、優希也さんの心の闇。時間をかけてでも、私が解き放ってあげたい。

ふとした瞬間に思い出しても、苦しまなくても済むように……。

「私は優希也さんのパートナーです。優希也さんが旅館を守ってくれたように、私が優希也さんを守りたいです」

自分でも大それたことを口に出してしまったとは思ったが、もう引き返せない。

私は優希也さんと共に生きていくために、素直な気持ちは隠さずに伝えていくと決めたから。

「それは頼もしいな。遠慮なくお願いする」

くすくすと優希也さんは笑って、抱きしめていた腕を放して歩き出す。

「いつか子どもができて、家族が増えても、ももこがしっかりしてるから大丈夫だな」

私は子どもの頃から、しっかりしていると言われるけれど、そんなことはないと思う。

「そうですか？　子どもが増えただけで、優希也さんが大変になるかもしれませんよ？」

しんみりとした雰囲気を変えたくて、冗談っぽくおどけてみせる。

「まぁ、それはそれで仕方ないかもしれないな。ももこはゆっくり大人になればいい」

「あっ！　完全に子ども扱いしてますね」

「さぁな？」

優希也さんは私の肩を抱き寄せて、「子ども扱いしてたら、初夜は済ませられないだろ？」と耳元で囁かれる。

「ゆ、優希也さん！　そういうことは歩きながら言わないでください！」

「じゃあ、いつならいいんだ？」

完全に遊ばれているのが分かる。

優希也さんとは年齢が十歳離れているが、彼は大人の余裕を醸し出している。私はいつまでも恋愛初心者のままで、悔しいけれど太刀打ちできない。


食事が済んで宿泊先に戻ると優希也さんがオーダーしたルームサービスのドリンクが届き、海を眺めながらチェアーに座る。

さざ波の音が耳に静かに聞こえてくる。

慌ただしくない、のんびりとした静かな時間。私は優希也さんとそんな時間を過ごせて嬉しい。

「優希也さん、お仕事のメールとか見ないんですか？」

優希也さんのスマホはずっとベッドサイドに置いたままだ。写真も全て私が撮影しているし、優希也さんは何も気にすることなく、のんびりしている。

「急を要する案件以外は笹沼が対処してくれる。それに社長自らに連絡が入ることはほぼ、ない」

優希也さんはミントがたくさん入っているカクテルを飲みながら、ソファーに深く座っている。笹沼様がいてくれるから、優希也さんは安心して自分がいない間の仕事を何日も任せられるのだろうなぁ……。

「夏樹《なつき》さんがいれば安心ですもんね」

「少し前から思っていたんだが、何故、笹沼を名前で呼ぶんだ？」

夏樹さんと名前で呼んでいることにイライラ気味な優希也さんは、一気にカクテルを飲み干した。

「え？お願いされたからです」

少し前に『もう桐野江社長の家族なんだし、堅苦しいのは好きじゃないから、名前で呼んでくれないかな』とお願いされたため、そう呼ぶことにした。

「俺のことは名前を呼ぶのに時間がかかったのに、笹沼は何故あっさりと呼んだんだ？」

優希也さんのことは意識してしまい、名前を呼ぶことさえも戸惑いがあった。夏樹さんは元々は旅館のお客様だけれど、恋愛感情はないのですんなりと呼べただけ。

「質問責めですね。ヤキモチですか？」

「……ヤキモチだとしたら、何なんだ？」

私の顔をじっと見つめてくる。

「ももこには、俺のものだっていう自覚をもっと分からせなきゃいけないな」

「きゃっ！　……ゆ、優希也さん？」

ひょいっと身体が宙に浮いたと思ったら、お姫様抱っこをされていた。

新婚旅行一日目の夜、私はついに優希也さんと身体を重ねるのかもしれない。

「この日をずっと待っていた」

お姫様抱っこをされて連れていかれたのは、ベッドだった。ゆっくりと私をそこに下ろす。

心拍数が上がり続ける中、私は服を脱がされて肌が露わになっていく。

「今まで我慢していたが、今日はもう限界だ。ももこの全てが知りたい」

下着姿にされた私は、優しく横たわらせられる。

先程、じゃれ合っていた時と同じように優しく額や頬にキスを落とされ、唇を重ねられた時には下着のホックを外されていた。

「……んっ」

優希也さんの指や舌に身体が反応してしまい、甘い声が漏れてしまう。

自分が自分じゃないみたいに身体が反応して、おかしくなりそうだ。

「ももこ、可愛い声をもっと聞かせて」

私の息が上がって、気持ちの良さに身体を捩らせても尚、とめどなく続く甘い時間。

「ももこには、俺の子を産んでほしいから避妊はしない」

優希也さんからそう告げられ、身体を重ねる。

優希也さんと繋がった瞬間、痛みを感じて、ぎゅっとしがみついていた。それは幸せの痛みで、次第に甘美に酔いしれるようになっていた。

「ももこを一生、愛し抜く。好きだ」

「わ、わた……しも、ゆき、やさん……のこと、いっ、しょう……好き、です」

優希也さんの愛を身体中に感じて、初めての経験は幕を閉じた。

火照りを帯びて汗ばんだ身体は、ぐったりとしている。

「大丈夫か？」

身体を重ねた後、優希也さんは私を気遣って声をかけてきた。

「……はい」

「痛くはないか？」

「大丈夫、です」

お腹の奥に違和感があるような気もするけれど、今は痛くない。ただ、身体全体が鉛のように重くて腰がだるいようなそんな感じ。

「今日はこのまま、ゆっくり寝た方がいい。俺は風呂に入ってくるから」

私は優希也さんに頭を撫でられる。

「おやすみなさい」

ぼんやりとした頭のまま、優希也さんを見ると『おやすみ』と言われて、キスを落とされる。

優希也さんの甘さがひしひしと伝わる。

目を瞑ると優しく蕩かされて抱かれた時間を思い出してしまった。

初めての経験に戸惑いもあったが、優希也さんの大人の魅力と経験により、濃密な時間を堪能した。

新婚旅行中は毎夜、優希也さんに抱かれることになり、一日目のように海ではしゃいで泳ぐ体力がなくなり、朝寝坊してしまう。

いつの間にか、遅めの朝食をとり、ショッピングや観光をしたりして、夕方に海を眺めるのが日課になっていた。


優希也さんを独り占めして過ごした新婚旅行が名残惜しいまま、日本に帰って来た。日本は肌寒く、コートが必要だった。ギャップが激しいので、体調を崩しそうな気さえする。

何もかもが初めて尽くしで戸惑いもあったが、たくさんの思い出ができた。

優希也さんとの写真をプリントして、コルクボードに可愛らしく貼り付けて飾る。

「殺風景な部屋が可愛らしくなっていくのが、何とも不思議だな」

結婚後は優希也さんの自宅に住んでいる。

仕事から帰宅した優希也さんが、コルクボードを見て微笑んだ。

優希也さんのスタイリッシュな部屋。

そこに写真を貼り付けたコルクボードに綺麗な海をイメージし、デコレーションしたものを飾ってしまったため、雰囲気がだいぶ変わってしまった。

「可愛過ぎちゃいましたか？　もっと落ち着いた感じにすれば良かったですね」

「いや、これでいい。ももこの好きにしていいから」

そう言われたが、思い出に酔いしれていた私はやり過ぎてしまったかもしれない。

もう少し落ち着いたものに手直ししよう……。

「明日の朝は七時には家を出る。朝食のことは気にしなくていいから、ゆっくり寝ていて構わない」

「いえ、朝食抜きは良くないのでちゃんと作ります」

優希也さんは朝食を食べられない日は、独身の時からコーヒーのみだと言っていた。

今から仕事という時に朝食を抜くのは良くないと思う。頭も働かなくなる上に、体力も持たないから。

「ありがとう、起きられたらで大丈夫だから」

たまに寝坊してしまう時があるが、それは全て優希也さんが悪いと思う。

優希也さんは基本、土日祝がお休み。だがしかし、お休みに関係なく私を抱くので、平日の朝もぐったりして起きられない日がある。

深い眠りについてしまい、気づいたらお昼近くになっていて驚いた日もあった。

「今日の夕飯は何？」

優希也さんのコートやマフラーなどを預かりながら、聞かれる。

「今日は寒いので、鮭のホイル焼きと豚汁、後は副菜があります」

「そうか、楽しみだな」

副菜はほうれん草のおひたしにきんぴらごぼう、それから、肉じゃが。

優希也さんは毎晩、夕食の献立を楽しみにしてくれている。

家庭料理の基本的なものしか作れないので、これからは独学しようと考えている。

「優希也さん、お風呂も沸いてますけど……夕食を先にとりますか？」

「うん、そうする」

「じゃあ、スーツをかけたらすぐに準備しますね」

私は優希也さんが帰宅したら、どちらでも大丈夫なように段取りはしてある。これが毎日の日課だ。

「都会の生活には慣れてきたか？」

「……はい、少しずつ」

こちらに住むようになり、まだ二週間と僅か。

優希也さんには少しずつ慣れたと返したが、全然慣れてはいない。

まず、優希也さんの住んでいるマンションにも慣れずに出たり入ったりさえ、おどおどしていた。まるで不審者みたいに。

駅前のスーパーまで買い物に行くのにも慣れない。

少し距離があるのでバスで行きたい気もするが、乗り慣れずにドキドキしてしまいがち。結局は歩いて行くのだが、歩道もすれ違う人が多くて気が気ではない。

優希也さんは荷物が多くなりそうな時はネットスーパー、または夏樹さんに送り迎えしてもらってと言ってくれたが、気乗りがしない。

ネットスーパーも配達料金がかさむし、頻繁に夏樹さんを呼付けるわけにもいかない。……ので、消耗品はネットショップにまとめて注文して、送料無料にしている。

「気になる場所があれば、遠慮なく足を運んでいいんだぞ？　電車に不安があれば、笹沼やタクシーを呼んで構わない。ももこが退屈しないように過ごして」

「わ、私は……優希也さんが帰って来るのを待ってるのが好きなんです。特別、出かけたい場所もないし……」

退屈しないと言えば嘘になるかもしれない。しかし、優希也さんの帰りを待ちながら、料理をするのは楽しみである。

「休みの日はももこが気になっている場所に出かけよう。新婚旅行から帰って来てから、デートしてなかっただろ？」

　スーツのジャケットをハンガーにかけていると優希也さんが提案してくれる。

　新婚旅行後の私は、引っ越ししてきた荷物の片付けなどに追われていた。

「はい、ありがとうございます！」

　私は嬉しくて飛びつくように優希也さんに抱き着いた。都会には慣れないが、優希也さんとのデートはしたい。

「水族館でも動物園でもスパでも、ショッピングでもいい。考えといて」

「どこにしようかな。楽しみです！」

　抱き着きながら、優希也さんの顔を見上げた。

「今日は随分と甘えてくるんだな。やっぱり、風呂に先に入る」

「ゆ、優希也さん！」

　優希也さんは抱き着いている私の身体をそのまま持ち上げて、抱えるようにして浴室に連れていく。

「たまには一緒に入ろう」

「や、嫌です！　恥ずかしいし、それだけじゃ済まな……」

「何もしない。多分……」

新婚旅行のモルディブのお風呂には一緒に入ったけれど、あれから入っていない。

あの時は雰囲気に呑まれた感じがするけれど、今は恥ずかしくて堪らない。

「優希也さんの何もしない、は信用できません！」

「酷い言われようだな」

浴室の扉を開けて床に下ろされると、私の意見など無視をして服を脱がせてくる。

優希也さんは過保護なくらいに私を溺愛しているのが伝わるほど、私生活も気を遣ってくれるのだが……。

「ももこが俺を煽ってくるから悪いんだ」

下着姿の私は、脱衣所の壁に押しつけられる。

「煽ってなんか……」

頭上から見下ろされ、目が泳いでしまう。

「帰ってくるなり、可愛く抱き着かれたら歯止めが利かない」

「んんっ……！」

時として、優希也さんは狼みたいになってしまう。

唇を貪られ、素肌に触れられる。

夕食はそんなこんなで、遅くなる時もある——

旅館ではあんなに忙しく、夜遅くまで働いていたのが嘘みたいに感じる。

引っ越ししてきて一ヶ月が経つが、未だに都会の事情に右往左往してしまう。しかし、少しずつ行きつけのスーパーやパン屋さんなどができてきた。

駅前通りにはたくさんのお店があるが、デパートなどに行くには足が竦んでしまう。デパ地下で購入したお惣菜を一人で過ごしているお昼に食べてみたいけれど、買いに行く勇気がない。そのことを何気なしに優希也さんに話すと、翌日に夏樹さんからデパ地下で購入したお寿司とお惣菜が届いた。

優希也さんは仕事で忙しいので、夏樹さんにお願いしてくれるのだが、私に甘過ぎる気がしている。

夏樹さんは夏樹さんで、『近くまで来たので、ケーキを買って来ちゃいました！』と言って部屋にお邪魔していく日もある。夏樹さんがお邪魔していく時は必ず、女性も一緒である。ロングの艶のある黒髪が綺麗な女性で、目鼻立ちがぱっちりしている。

優希也さんの秘書とはいえ、男性なので私を気遣ってのことだ。女性が誰なのかは特別聞かなかったのだが、スーツを着ているし、仲も良さそうなので職場の人かもしれない。

不思議に思っていたら同じ会社の方で酒井《さかい》さんというらしく、夏樹さんの彼女だった。優希也さんは知らないらしく、内緒と言われている。

私は結婚後、旅館の再建事業に関わらせてもらっていた。

仕事と称し、優希也さんと共に実家に行くこともあり、その日をすごく楽しみにしている。

今日はリモートで桐野江不動産のインテリア担当の方と打ち合わせをする日。優希也さんが用意してくれたノートパソコンを開き、待機していた。

『こんにちは、ももこさん』

「こ、こんにちは。は、初めまし……。あれ?」

画面に現れたのは、いつも夏樹さんと一緒に来てくれる酒井さんだった。

『私、桐野江不動産のインテリアコーディネーターの酒井と申します。いつも、お世話になっております』

「お世話になります」

『私は外出がわりかし自由にできるから、桐野江家にはお邪魔しちゃったけど……まだ社長にはお付き合いしてるって言い出しにくくて……』

酒井さんは個室でリモートの打ち合わせをしているそうで、気軽に話してくれる。

私が驚くかなと思い、インテリアコーディネーターで旅館を担当するということは、今日のこの日まで隠し通していたと聞いた。

「優希……、桐野江社長も祝福してくれると思います。なので、機会を見計らって言ってみてくださいね」

二人を応援したい。

優希也さんも、信頼している夏樹さんの幸せを喜ばないはずがない。

『しかも、お腹には赤ちゃんがいるんです。早めにお知らせしなきゃって思ってますが、まだ分かったばかりで……』

「え！　そうなんですね！　おめでとうございます」

赤ちゃんがお腹に宿ったのだが、まだ二ヶ月なので様子を見て会社には報告するそうだ。

酒井さんは夏樹さんが社長秘書ということで、報告するのを躊躇っていたらしい。

夏樹さんは優希也さんに伝えようと言っていたが、酒井さんがストップをかけていた。

近いうちには、きちんと優希也さんにも伝えたいと言っている。

雑談を交えながら、今後の打ち合わせについて伝えられた。

リノベーションをして雰囲気が変わるとのことで、それに伴うインテリアや配置を相談していくということらしい。

まだ設計図が上がらず、完成予想図もできていないため、具体的な相談はまだ先になるがこまめにリモートで打ち合わせをしたりしましょう、とのこと。

初回のリモートでの打ち合わせは三十分と少しで終わった。

始まる前はドキドキしていたが、今では心の中が温かくなっている。お腹の中に赤ちゃんがいるとのことで、非常に羨ましい。

私と優希也さんの赤ちゃんが授かったとしたら、きっと可愛いよね。近いうちにできれば、二人の赤ちゃんと同級生かも？

そんなことを考えていると、今日という一日はすぐに過ぎていった。


優希也さんや酒井さんと相談した結果、旅館と連携を取り、リノベーション後の旅館向けの食器や浴室用品などの選定は私に任されることになった。それに伴い、私専用のノートパソコンを優希也さんが購入してくれた。

自宅の中でノートパソコンを使い、色々と探したりする。他には桐野江不動産が取り引きをしている企業のカタログをいただいたので見たりするが、酒井さんとの打ち合わせのように話したりするわけではないので、孤独を感じてしまいがちだ。

優希也さんも帰宅後は一緒に探してくれたりもしたのだが、一人の時間は寂しい思いをしてしまう。

『気になる場所があれば、遠慮なく足を運んでいい』と言われていたので気分転換にマンションの外に出てはみたものの、目的もないままに出発したのは間違えだった。東京にはたくさんのお店や観光地があるので、どこかしらには行けるだろうと思い立つ。何となく水族館に行ってみようと思い、マンションから一番近い場所を探して一先ず最寄り駅までバスで移動した。しかし、駅に着いたのは良いが、何線に乗ったら良いのかも分からない。駅内は混雑していて、それだけでも人酔いしてしまう。その日はそれだけで疲れてしまって帰宅した。

土地勘がないので闇雲に出かけるのは諦めて、とりあえずは練習がてらに人に慣れることから始めようと思ってマンションから一番近い駅前にバスで向かい、食材や日用品の買い物をする。実家では車で買い物などに行き来していたので、私にはそれだけでも精一杯の頑張りだ。

少しだけ慣れてきたような気もしたので、行きそびれた水族館に行ってみようと思ったのだが、辿り着かずに迷子になってしまう。都会の生活に慣れようとチャレンジをしてみたものの、迷子になって精神的にも疲れてしまい、一人で行くのは駅前の買い物だけにした。

旅館の時のようにみんなに囲まれた生活が性に合っていたとはいえ、知らない人がたくさんいる都会の生活は疲れるだけだし、余計に寂しくなってしまう。

それは私は気軽に連絡の取り合える知り合いもおらず、必要な外出以外は自宅にいることがほとんどだったから。

掃除をしたり、ガーデニングをしたり、料理をするだけの毎日。駅前に買い物に出かけても私はひとりぼっちな気がしてホームシックになり、一人で泣いてしまう。

泣いていることは決して、優希也さんには知られたくない。何故なら、心配をかけたくないから。

そんなホームシックな毎日が続いていたある日のこと、マンションに滞在しているコンシェルジュから呼び出し音が鳴る。

どうやら、お客様が来たらしい。私に訪ねてくるとしたら、夏樹さんたちか優希也さんのお母様しかいない。

コンシェルジュに確認すると知花さんという男性の方。知花さんの名前が一瞬思い出せなかったが、優希也さんの前の奥様の弟さんということに気づく。

以前の奥様のことは割り切っているつもりだけれど、弟さんが訪ねてきてくれたことについては何だか気まずい。来てくれたのは良いけれど、二人きりだもの。でも、きっと優希也さんに関する用事なのだと思う。しかし、……だとしたら会社に出向いたら良かったのでは？　玄関のドアのロックを解除する前に頭を過ってしまう。

「突然、訪問してすみません……！」

「いえ、私も暇してたのでお気になさらず」

勇気を出して玄関のドアを解除すると知花さんは申し訳なさそうに入ってくる。

「近くまで来たものですから、寄らせていただきました。これはお土産のクッキーです」

「ありがとうございます！　コーヒーか紅茶を淹れますね」

知花さんからクッキーの詰め合わせを受け取り、私はお湯を沸かす。

「ももこさんは普段は何をして過ごしているんですか？」

「特にこれといって何をしているわけではありませんが、家事をこなしたり旅館で使う備品探しをしたりしてます」

私は都会に慣れていないので、一人では出歩けないということも伝える。

「初めての都会暮らしって不安ですよね。実は家族の中で自分だけ、小さい頃は田舎に住んでたんです。小児喘息が酷くて、母方のおばあちゃんちに預けられてました」

「そうなんですか！　私も観光地とは名ばかりの田舎暮らしでしたよ」

知花さんとは地元は違うが、田舎暮らしについて盛り上がった。知花さんのおばあさんちの近くは田園風景が広がり、バスも一時間に一本あれば良いという話や地元の祭りについても話をする。

出会ったばかりなのに話しやすくて、楽しい。

知花さんが寂しがると思ったお姉さんは自分も一緒におばあさんちに住んでいたらしい。

知花さんの小児喘息も落ち着いてきたので、お姉さんが高校に上がるタイミングで東京に住む両親と合流したそうだ。

「桐野江さんから聞いてると思いますが、自分は姉を慕っていて、亡くなった時には立ち直るのに時間がかかりました。以前は桐野江不動産で働いていたんですが、姉が亡くなってしまったのを機に退社してしまいました」

優希也さんから詳しいことは聞いておらず、知花さんづてに初めて知る。

「そうだったんですね。私は一人っ子なのでお姉ちゃんやお兄ちゃんに憧れる日もありました。きっとお姉さんは素敵な方だったんでしょうね」

「はい、弟の自分が言うのもなんですが可憐な花のような人でした。病弱でもなく、風邪も引きにくい体質だったのに、何故かがんになってしまったんです」

私は大好きだった祖父のことを思い出していた。ついこないだまでは元気で笑っていたのに、突然に倒れて帰らぬ人となってしまったから。

小学生の私には耐え難く、しばらくは塞ぎ込んでいたが、周りのみんなが私を励ましてくれたので何とか元気が出てきた。

「……何だか、しんみりさせちゃってすみません！　ももこさんと話すのが楽しいので、またお邪魔しても良いですか？」

「はい、また来てくださいね」

夜になり、優希也さんが帰宅した。

食事をしながら今日あったことを話す。

「知花が自宅に？」

優希也さんは驚いた顔をした。

「そうです。近くまで来たものですからと言って、訪ねてきてくれました」

「仕事の件でお邪魔しますね……とは言われていたが、自宅に来たんだな」

「はい、旅館に詳しいのは私だから直接話がしたかったって……」

優希也さんには連絡がなかったのかな？　でも、フリーランスだし、私も一応知り合いだから気兼ねなく訪ねてきたのだと思う。

「そうだったのか。てっきり、笹沼にアポを取ってから会社に来るものだと思っていたから驚いたが、知花は仕事もできるし、浮いた噂のない奴だから信頼している」

知花さんは元義理の弟さんで、会社関連の取り引きもあるので特別、信頼関係も厚いのだろう。

「これからも来てもらっても良いですか？」

「あぁ、構わない。ももこも会社に出向くより、自宅で話した方が安心できるだろうから」

優希也さんはお味噌汁を飲みながら、そう答えてくれた。

「ありがとうございます！」

仕事のパートナーとしてだけではなく、話し相手もできて嬉しい。

「ただし、隣同士に座ったりしないこと。近づき過ぎないこと！」

「分かりました、約束は守ります」

「何だか、やけに嬉しそうで妬いてしまうな」

気の所為かもしれないが、一瞬、優希也さんの表情がムッとした。

「え？　ただ単純に知花さんとの話が楽しいから、顔に出てしまっただけですよ」

私は優希也さんに田舎暮らしについて話したことなどを伝えると、「色気のない話なら心配することもなさそうだ」と笑われた。

東京での暮らしが少しずつ変化していく。

会えることはなかなかないのだが、夏樹さんの彼女の酒井さんともメッセージをやり取りしたりしている。

知花さんが訪ねてきてくれた際は、リノベーションの話の他に雑談を楽しんでいた。たまたま訪れた知花さんだったが来るのはいつも、優希也さんのいない時間。夜は『桐野江さんも帰って来るし、疲れてるのに悪いから』と言って、いつも昼間に訪れる。

私はやましいことなどないので、知花さんが訪ねてきてリノベーションなどの話をした日には優希也さんに隠さずに報告していた。

仕事の用事がない日も、仕事が一段落ついた時などにケーキを買ってきてくれたりと顔を出しに来る知花さん。

初めはヤキモチを妬いていた優希也さんも次第に『ももこが寂しがらないなら、話し相手がいるのも良いことだな』と思い始めてくれたらしい。次第に最初の頃のようなヤキモチは薄れていったようだ。

あくる日、突如として優希也さんのお母様に自宅に来るように呼ばれる。私はまだ都会の生活に不慣れなので優希也さんに実家までの行き方を確認して、その通りに実行に移した。優希也さんはお付きの運転手を向かわせると言ってくれたのだが、仕事の邪魔にもなるし迷惑をかけてしまうので意を決して一人で向かう。

どの駅も人で溢れていて電車を乗り継いで行くのが怖くて臆病になっていたが、優希也さんの教えてくれた通りに行くと迷わずに行けた。優希也さんのおかげで一人でも辿り着いたことが嬉しくて、心が晴れやかになる。

優希也さんの実家の最寄り駅まで着いたら電話をするようにとお義母様から言われていて、電車から降りた時にすぐ電話をかけた。すると、お義母様が駅まで迎えに来てくれていてタクシーで一緒に実家に向かう。

タクシーの中では特に会話はなく、私は手に汗握ってしまった。接客業をしていたのに緊張してしまい、肝心な時は何も話題を出せないだなんて……と気分が滅入る。

「あら、お土産までいただいて悪いわね。ありがとう」

優希也さんの実家に着いてから、駅地下で購入したお土産と優希也さんからの預かり物のお菓子を手渡す。お義母様はお土産を受け取った後、ツンとしながらもお礼を言う。

「せっかくだからいただこうかしら。お皿に出してきてくれるかしら？」

桐野江家にはお手伝いさんがいて、お義母様は中身を確認しないまま手渡した。お手伝いさんがお土産を持って席を外して、再び訪れた二人きりの空間に緊張が解れない。

「ももこさん、結婚してから三ヶ月になるけれど妊娠の兆候はないのかしら？」

椅子に腰かけたばかりで妊娠について聞かれ、気が少しだけ重くなる。

「まだ、ないみたいです」

「そう……。前も言ったけど、優希也もいい年齢だから、後継ぎは早く欲しいのよ。恋愛結婚だか何だか知らないけど、一年以内に後継ぎができないなら内縁の妻も探すことになりかねないわ」

面白くなさそうに不機嫌なお義母様は後継ぎのことばかりを、とやかく言ってくる。

桐野江グループは母の家系で、お義父様は婿養子らしい。

「こちらはオーガニックティーとももこさんからいただいた、イチジクのパウンドケーキとクッキーです」

お手伝いさんが、お義母様と私の前に差し出してくれた。

「まぁ、私が大好きなパウンドケーキじゃないの。よく知っていたわね」

お義母様はとても喜んでくれている。私が買ってきたのは駅地下の有名店のクッキーだが、そちらには目もくれずに優希也さんから預かったイチジクのパウンドケーキに目を輝かせている。

「そうなんですね、それは良かったです。実は……昨日、優希也さんがお義母様にと買ってきてくれたんです」

優希也さんに実家に行くと話すと、イチジクのパウンドケーキを買ってきてくれたのだ。親子の絆は繋がっているものなのだな、と思った。

「まぁ、優希也が！」

嬉しそうに、美味しいと言って笑みを浮かべながら食べているお義母様は美人で羨ましいと思えるほどに、アフタヌーンティーが似合う女性だ。

食べ終えたお義母様は「今までも後継ぎを急かしていたけれど全然、再婚してくれなかったの。やっとお嫁さんが来たのだから、期待しても良いかしら？」と言って、続け様に「桐野江の血を絶やさないようにお願いしますね」と繋げた。

私はお義母様の言いたいことを素直に聞いた後、タクシーで駅まで送られた。

お義母様が来てくれる時は必ず、同じ店で購入した和菓子の手土産を持って来る。

その和菓子と同じ物を手土産に持たせてくれた。

私は優希也さんと一緒に開けようと思い、テーブルに紙袋に入ったまま置いておいた。

「おかえりなさい」

「ただいま」

優希也さんが帰って来たのが分かり、玄関先まで駆け寄り、ぎゅうっと抱きしめる。

「どうした？　何かあったか？」

「ううん、優希也さんが恋しくなったから」

抱きしめ返され、額にちゅっとキスを落とされる。

「今日の夕食は何だろう？　あれ、これは……。無事に実家まで行けたんだな？」

帰宅したばかりの優希也さんはリビングに行き、テーブルに置いてある手土産を発見する。

「母とは何か話をしたのか？」

先程までの甘さはなく、無表情でそう聞かれ、告げ口をするつもりはなかったが、私は後継ぎの話をしたと伝える。

「母には急かさないように厳しく言っておく」

「いえ、いいんです！」

私は首を振り、否定をした。お義母様のお孫さんが欲しいという気持ちも痛いほどに分かるから。

「私、桐野江家に嫁いだからにはきちんと義務は果たしたいんです。だから、その……」

私は義務もあるが、お義母様に孫の話をされて、子どもを授かりたいという気持ちに包まれている。それに酒井さんからも赤ちゃんの育ち具合を聞く度に優希也さんとの子どもが欲しい気持ちに駆られていた。

私は自分の口から、子どもが欲しいから抱いてとは言えない。

「義務とかではなく、ももこ自身は子どもを早く欲しいのか？」と優希也さんに聞かれた私は素直に「欲しいです」と答える。

「タイミングもあるし、ももこの身体も気遣っていたつもりだったが……今日から毎晩抱くことにしよう」

私は優希也さんに宣言された。

「翌日に響かないように早めにベッドに入ろうか」

優希也さんは私を見下ろして、余裕たっぷりの妖艶な笑みを浮かべる。

「え？　て、手短に済ませても……大丈夫ですから、ね」

目が合った私はドキドキして、逸らしてしまう。

優希也さんにとっては難なくこなしていることも、恋愛すら初心者の私は一喜一憂してしまう。

子どもを授かることは、つまり愛し合ってできるということだ。それでも、長年授かることができなければ……優希也さんを連れて病院に出向いてみよう。

「ももこ、あんまり思い詰めるなよ」

「だ、大丈夫です。赤ちゃんは授かりものですから、いつの日か、きっと来てくれるって信じてます」

私は、この日を皮切りに毎晩のように優希也さんに抱かれることになる。

六、一緒に生きていく

優希也さんとの新婚生活は幸せであり、最近では忙しい毎日を送っている私。

都会の生活になかなか馴染めなかった私のために優希也さんは、休みの日は電車やバスを使い負担にならないように少しずつ連れ出してくれた。そのおかげで、私も電車の乗り継ぎなども覚えてきて、人酔いも解消されてくる。困った時はスマホに頼れば良いと言うことも知り、乗り継ぎも調べれば一人でも大丈夫になってきた。

都会の生活を少しずつ慣らしながらも旅館のリノベーション事業が進んできて、忙しくもなってくる。

先日、リノベーション予定図ができてきた。

元々の旅館〝やまぶき〟は本館となり、買い取りをした隣の土地には新しく別館を建てるそうだ。

本館と別館は通路で繋がっている。

別館にも温泉を作り、行き来できるようにするらしい。

これも優希也さんの義理の弟だった、建築士の知花さんがどうするかの具体的な案を元に旅館のために色々と考えてくれて、感極まっている。

同時進行で、新しい旅館に出す新メニューも考えているとのことで、近いうちに打ち合わせなどにも同席させてもらうことになった。

それと並行して、他の事前準備も行っていた。

まずは組布団などは直接見に行った方が良いと言われ、今日は優希也さんとデートがてら見て回っている。

優希也さんは、混んでいる電車と乗り換えが苦手な私のために車を出してくれた。

「ちなみにこのベッドメーカーのものをホテルでは使用している。スプリングも程良く、寝やすいと評判だ」

優希也さんは組布団を探す前にベッド売り場を見て、私に教えてくれる。その後に布団売り場に行き、どのメーカーにするか二人で決めることにした。

「ベッドは海外製や国産と色んなメーカーがあるけれど、組布団はやはり国産がしっくりくるな」

優希也さんと一緒にデパート内の寝具売り場を見て回りながら、お互いの意見を述べる。

「軽くて暖かい掛け布団、良いですよね」

国産メーカーの布団はそれぞれの良さがあり、迷ってしまう。

「とりあえず、メーカーだけは決めて取り引きの交渉をしよう」

会社同士の繋がりも多少あるが、旅館業は初めての取り組みなので可能な限りは私の意見も取り入れてくれるそうだ。

メーカーと直で取り引きができれば、仕入れの時の割り引きも期待できる。

二人で話し合いメーカーが決定した後は、優希也さんとの自由時間。

「ももこは、夕食に何が食べたい？　何でもいいぞ」

他にも私が気になった雑貨屋さんや優希也さんのスーツなどを見てから、ぶらぶらと歩いている。

今日は優希也さんの休日に合わせて来ていて、二人で朝寝坊してしまったため、朝昼と食事が一緒になってしまった。

朝昼一緒の食事を自宅で十一時頃にとり、現在は十五時を少し過ぎた時刻。

「私は中華が良いです。優希也さんは何が食べたい気分ですか？」

「中華と言われれば、中華が食べたい気もするな」

普段、板前の父を持つ私の作る料理は和食が中心なので、私自身も中華や洋食を食べたい。

「あっ、中華と言えば、テーブルバイキング形式のレストランがあるんだ。そこに行ってみないか？」

「はい、楽しみですね」

桐野江不動産系列のホテルの中にテナントで、中華のテーブルバイキング形式のレストランがオープンしたらしい。

一流シェフの弟子にあたる方が開いたお店で、一度行ってみたかったそうだ。

席の予約ができるか聞いてみるから先に車に乗っていて、と言われた私は素直に従う。優希也さんはレストランの電話番号を調べ、電話をしてくれた。

「無事に予約ができた。少し距離があるけど、ドライブだと思ってくれ」

「分かりました、ありがとうございます」

優希也さんが予約の電話を済ませてくれて、車に乗り込む。優希也さんから予約の時間まではまだあるから私が好きな場所に連れていくと言われ、水族館を指定すると優希也さんは快く承諾してくれた。水族館に着くとまだ入館していないのに建物を見ただけでも、わくわくしてくる。

「優希也さん、ペンギンって歩き方が可愛いですよね」

「そうだな」

子どもじみていると笑われてしまうかもしれないが、両親も仕事で忙しく人生で二度しか水族館に行ったことがない私には楽しくて仕方がない。好きな人と一緒だから、尚更テンションも上がってしまう。

「小さいお魚さんたち、とても可愛くてずっと見ていたいですね」

小さな魚に釘づけになっている私を見て、優希也さんは優しい笑みを浮かべる。

「優希也さん、私ばかりジロジロ見ないで、お魚もちゃんと見てくださいね」

「見てるよ。でも、ももこを見てる方が面白い」

移動して魚を見る度に優希也さんが背後から私を見ているのに気づき、注意を促したのだがクスクスと笑われた。私は自分が子どもみたいに夢中になっているのが恥ずかしくなり、顔が火照り始める。

「わ、私も優希也さんが運転してるのをじっと見てますからね。そのつもりでいてください!」

「別にいいよ。何も面白くないと思うけどね。それより、もうすぐイルカショーの時間だから移動しようか」

「はい、行きましょう」

仕返しのつもりで言ったが、全く効果はなかったようだ。上手くはぐらかされ、イルカショーの席まで移動する。私はなるべく前の方で見たくて、優希也さんにお願いする。最前列に近い席は水しぶきがかかるとのことで雨具を購入した。

案の定、水しぶきがたくさんかかってしまい、雨具で覆われていなかった部分もびしょ濡れになり、仕方ないと二人で笑い合う。

イルカショーを見た後は売店に寄り、ペンギンのぬいぐるみを買ってもらった。黒かグレーかで迷っていると優希也さんはまるで自分の子どもに買い与えるように色違いのペンギンを一体ずつ購入し、私に手渡してくれた。私は宝物ができて、ペンギンのぬいぐるみの入ったビニール袋をきゅっと抱きしめる。

水族館を出た後は車はどんどん進んでいき、高速道路の入り口まで移動する。

「あれ？　高速に乗るんですか？」

「そう、都心からちょっと離れる」

車はどんどん進んでいき、他県に入る。

優希也さんの運転は心地良くて、いつまでも乗っていられそうなくらい。

「私も実は免許を持ってるんですよ！」

「へぇ、じゃあ、帰りは運転してもらおうかな」

いつも運転手さんにお迎えに来てもらったり、優希也さんの車に乗せてもらっているので彼は気づかなかっただろうけれど、田舎では車がなくては生活できないため免許も持っている。

「優希也さんの車は大きくて運転するのが怖いです」

「何の車種なら運転できる？」

「軽自動車です。軽ならば、スイスイ走れます」

私の車自体はなくて、実家では母と兼用だった。

特に意識して購入したわけではないのだが、白とくすみピンクのツートンカラーの流行りの軽自動車。

「ももこは電車やバスが苦手だから、軽を購入するか？」

優希也さんは親切心からか、そんなことを言ってきた。

「い、いらないです！　都会の運転なんて無理ですー！」

ただでさえ、地元の県内だって車線が多い道路は怖いのに。車線変更が上手くできないので、たまに走る時はドキドキしながらハンドルを握りしめている。

「そんなに変わるか？」

「変わります！　だから、無理です！」

優希也さんは不思議そうに言ったが、私には都会の運転は無理そうだ。

迷惑をかけないように、電車やバスに乗る生活にも早く慣れて乗り継ぎも完璧にしたいなぁ……。

「少しずつで良いから、ここでの生活に慣れると良いな」

優希也さんは私に優しく微笑みをくれる。

こっちでは車なんてなくても全然生活できる。

少し歩けばデパートやスーパー、家電量販店など……選びきれないほどにある。

「そうだ、ももこ。自転車はどうだ？　晴れてる日なら、歩いて行くよりも自転車の方が楽だろう」

優希也さんは突然、思いついたかのように提案してくれた。

「自転車！　……自転車なら移動しやすいですね」

「次の休みにでも、自転車を見に行こうか」

「はい、ありがとうございます」

自転車ならば子どもの頃から乗り慣れているので、すれ違う人に気をつければ移動も荷物も楽になる。

優希也さんは無意識で気づいていないかもしれないけれど……私のことになると、甘々になる。

「ふふっ」

普段の無表情な時の優希也さんから想像すると、おかしくて笑ってしまう。

このギャップが堪らなく好きなんだよね。

「何だ？　急にどうした？」

「いえ、何でもありません」

「変な奴だな。ももこ、もうすぐ着くから。降りる準備をしてて」

優希也さんは一人で笑っている私を横目で見ては、混乱している表情を浮かべている。

自宅以外でも優希也さんと一緒に行動できる幸せを噛み締めながら、充実した毎日を過ごしている私だった。

今日は知花さんが訪ねてきてくれる日で、家事を終わらせた私はオヤツに食べるためにシフォンケーキを焼いていた。

プレーンのシフォンケーキなら優希也さんも食べられるからと作ってみたのだが、焼きあがったと思ったのに……ぺちゃんこで膨らんでもいない。

味見をするとパサパサで固い。いつもはふわふわになるのに今日のは美味しくない。

食べられなくはないので、自分だけで食べる分にしようと思う。生クリームを塗ればなんとかなりそうな気もしている……。

シフォンケーキが失敗してしまったので、知花さんにお出しするものがなくなってしまった。

そうこうしている間に知花さんが来る時間が迫り、私は思いついたように冷蔵庫にある材料を調べて作り出す。

さつまいもとバターなどがあったので、一口サイズのスイートポテトを作る。これならば、三十分もあれば完成できるから。

甘いものが苦手な優希也さんも、一口サイズを一つくらいならば食べるかな？

シフォンケーキは失敗してしまったけれど、スイートポテトは美味しくできますようにと願いを込めて作る。

作り立てを一つ食べてみたが、今度は上出来！　甘さもほんのりで美味しくできたと思う。私は急いでお皿に盛り付ける。

そうだ、お湯も沸かしておかなくちゃ……。

何だかんだで準備が遅くなってしまったが、間に合いそうかな。

完成して少ししてから、知花さんは訪れた。

「今日はこしあんと生クリーム入りのサンドイッチを作ってきたんです。ももこさん、こしあん好きでしょ？」

知花さんとは会う度に打ち解けていき、友達のような感覚がしていた。

「はい、大好きです」

知花さんは一人暮らしで自炊しているうちに、料理好きになったようで、最近では手作りスイーツやご飯を持参してきてくれる。

今日は十五時過ぎのオヤツタイムに合わせて知花さんは来てくれることになっていたので、昼食は軽めにしておいた。

「あと甘いのばかりだと飽きちゃうかなと思って、普通のサンドイッチも作ってきちゃった」

「ありがとうございます」

知花さんはこしあんと生クリームのサンドイッチの他にフルーツサンド、たまごやツナの具材のサンドイッチを作ってきてくれた。

ボリュームがすごい……！

「あとね、これは既製品だけどスープも持参したよ」

お湯を注いで溶かすだけで飲めるキューブ型のオニオンスープも持参してくれた知

花さん。

オヤツというよりも、完全にもう食事である。

私は先程作った一口スイートポテトをテーブルに並べ、知花さんと一緒に飲むブラックティーも用意した。私たちはテーブルを挟んで向き合う形でソファーに座る。

「ももこさんの手作りのスイートポテト美味しい。ほんのり甘くて濃厚。一口サイズも食べやすいね」

知花さんは急いで作ったスイートポテトを褒めてくれる。

「知花さんの作ってくださったサンドイッチも美味しいです」

全種類を一つずつ、いただくことにした。

オヤツなのにこんなに食べたら夕食が入りそうもないけれど、どれも美味しそう。

フルーツサンドは桃やみかんの缶詰めなどと生クリームが入っているが、色とりどりの綺麗な切り口にも目を奪われてしまう。

「どうぞ、たくさん食べてね」

知花さんは、ふふっと柔らかく笑う。つられて私も笑う。

雑談をしながら、サンドイッチをごちそうになっていると私のスマホにメッセージが届いた。

相変わらずの素っ気ないメッセージだったが、早く仕事が片付いたから帰っている途中らしい。思いもよらぬ嬉しい知らせに、咄嗟に笑みがこぼれてしまう。

「桐野江さんから？」

スマホを見た私に気づき、知花さんは尋ねてくる。

「はい、そうです」

「今、桐野江さんのことで頭がいっぱいみたいだね？」

「え？」

私は頭の中を見透かされたみたいに図星を突かれ、照れてしまう。

「ももこさんは、桐野江さんの話になると嬉しそうな顔をするね」

「わ、そ、そんなに顔に出てます？」

私は照れ隠しに両手の平で両頬を押さえながら尋ねる。

「出てるよ、ものすごく。妬けちゃうくらいにね」

一瞬だけれども、そう言った知花さんがムッとした顔をした気がする。気のせいかな？

「いや、妬いちゃって……ももこさんのことを独り占めして食べちゃいたいくらい……かな？」

「え？」

「ふふっ、冗談だってば！」

急にどうしたのだろうか。知花さんは冗談のつもりかもしれないが、そんな風には聞こえなかった気もする。何故なら、目が笑っていないように感じたから……。

「そのうち、一緒に料理を作らない？」

話をしながらある程度、サンドイッチが減ったところで知花さんが提案してきた。

「料理ですか？」

「ももこさんに料理を教えてもらいたい」

私よりも、知花さんの方が何でも作れそうな気がする。

「例えばさ、和食とか。俺はパスタとかなら作れるけど、和食って難しくて……」

知花さんはスマホを操作しながら、急に私の隣に移動してくる。

「あ、あの……」

こんなに接近されたことなどなくて、身体を少しだけ後方に移動してしまう。

優希也さんとは違い、ドキドキするわけではなくて、距離感が近過ぎて戸惑ってしまった。

「ぶり大根とか、煮てる時に飴色にはできても、味がイマイチなんだよね」

知花さんは自分が作りたいメニューを私に見せてきては、できるかどうか尋ねながら私の顔を覗き込んでくる。

「わ、私もそんなに得意じゃない、から……」

料理を一緒に作るのは構わないが、この距離感は何なのか。

少しずつ、逃げ出さなくちゃという感覚に包まれていく。

私は必死に身体を反らすが、時は既に遅くて……。

「や、やめて……！」

知花さんが私の手首を強引に掴み、ソファーに押し倒してきた。

「ももこさんが油断してるのが悪いんだよ。恨むなら、桐野江を恨みなよ」

くすくすと笑いながら、そう話す知花さんは、まるで知らない男性のようだった。

目の前にいるのは優しくて、料理上手な知花さんではない。

「え？　どういうこと？」

「桐野江は事業を拡大しようとして、無理やりに姉と政略結婚したんだ。その挙げ句、姉を死に追いやった。桐野江とさえ、一緒にいなければ死ななかったかもしれないのに……！」

私は驚いて言葉が出ない。

両手を押さえられ、ガタガタと震えが出てしまう。

「俺はずっと、桐野江に復讐しようとチャンスを窺ってたんだよ。大切なものをなくされたから、俺も同じようにしてやろうと思ってた」

知花さんは私の首筋に唇を這わせる。

私は怖くて、声すらも出なくなった。

「……ももこ？」

そんな時、玄関先から物音がしたと思ったら、仕事が早めに終わった優希也さんがタイミング良く帰ってくる。

「お前、ももこに何をしている……！」

優希也さんが私から、知花さんを引き剥がしてくれた。

知花さんはバツが悪そうにしているが、「姉を蔑ろにしたのに自分は幸せを手に入れるのか」と毒を吐いて荷物を持ち、そのまま部屋を出ていってしまう。

「ももこ、俺のせいで……ごめん」

優希也さんは震える私の身体をそっと抱きしめてくれる。私は優希也さんの温もりを感じて、少しずつ平常心を取り戻していく。私はその場では何も返すことができなかった。ただひたすらに温もりに癒やされて、私が落ち着くまで優希也さんはぎゅっと抱きしめてくれていた。

翌日の朝、優希也さんはいつもよりも早起きだった。昼間にあんなことがあって、その夜はなかなか寝付けずにいた私。そんな私を気遣ってか、優希也さんは後ろからそっと抱きしめてくれて、いつの間にか眠りについた。そして——

「ただいま」

「おかえりなさい！」

目を覚ました時には優希也さんはおらず、いつもはしていない朝のジョギングをしてきたらしい。急用がありコンビニにでも出かけたのかと思っていた。

起きてからすぐ朝食を作り始めたのだが、まだ中途半端である。

朝食を作りながら、優希也さん自身も心の中が落ち着かずにジョギングをしに行ったのだろうと予測する。

「優希也さん、昨日の件ですが……」

私は優希也さんからは切り出しにくいだろうと思い、自分から話し出した。

「き、……気にしないでくださいね。きっと事故みたいなものですから……」

優希也さんにも悩んでほしくない。私さえなかったことにできたなら、丸く収まるはずだから。

「もう誤解されたままでいい。ももこを傷つけた知花が許せない」

私の声かけに優希也さんは怒り口調で返してきた。

「私、……二人がすれ違うのをこれ以上見たくありません。優希也さんがどう思っているかちゃんと知花さんに教えてあげてほしいです」

私は精一杯の勇気を振り絞って、小さな声ながら歩み寄りを提案する。優希也さんは驚いた顔をしたが、渋々、「分かった」と返事をした。


その日の夜のこと、優希也さんは仕事終わりに知花さんを連れて来た。優希也さんから知花さんと二人で話をしてくると連絡があったが、私は仲介役になれるような気がしたので自宅に連れて来てもらう。

自宅に入ってから挨拶を交わした後は、ずっと俯いている知花さん。だけれども私からは話しかけるのが怖くて、コーヒーを淹れるという名目でしばしの間はキッチンにこもった。

お湯が沸くとドリップ式のコーヒーを淹れて、テーブルまで運ぶ。

「どうぞ」

私はソーサー付きのコーヒーカップを知花さんの前にそっと置いてから、自分たちのマグカップ二つを置く。

「今更、言い訳にしか聞こえないだろうが、俺は彼女に歩み寄ろうとしてた。しかし、上手くはいかなかった。分かり合えないままに死別したのを後悔している」

優希也さんは真っ直ぐに知花さんを見て告げる。そして、「復讐したいなら俺自身にすれば良かっただろ？　ももこには関係のない話だ。お前が許せない」と言い放った。

「正直、あんたが俺を許せないように俺も許せないから。それはお互いさまだ。でも……」

知花さんは強い口調で優希也さんに返すが、その後に私を見てくる。私は何故だか怖くなり目を逸らしてしまった。

「ももこさん……」

私はまだ震えが止まらずにソファーの上で身を縮めて、固まっていた。知花さんに声をかけられても、今まで通りに返事はできない。

「耳だけ傾けてくれたら良い。必要以上に近づいたが、ももこさんが可愛くて手に入れたくなったんだ。本当に悪かった……」

知花さんは私に気持ちの内を伝えると深々とお辞儀をして、そそくさと帰っていく。

優希也さんも彼を止めることなく、ドアを強く閉める音が部屋に響いた。

二人を和解させるためにセッティングを希望したのは私だが、そんなことを言われても心にはちっとも響かない。昨日の出来事だったが、自分が思うよりも精神的にも疲弊している。

私はゆっくり立ち上がって、恐る恐る優希也さんに近づいて震えながら抱き着く。

「本当に……怖い思いをさせてすまなかった」

優希也さんは悲しげな表情を浮かべた。

私は優希也さんの胸元に顔を埋めながら、咄嗟に首を横に振る。

「昨日はタイミング良く帰って来てくれて良かった。ありがとうございます」

私は優希也さんの温もりを感じたら、安心しきったのか、堪えていた涙がぼろぼろと溢れ出てしまう。

「本当にごめんな。どう謝ったら良いのか……」

「ゆ、きやさんの、せいじゃ……ないです」

優希也さんを強く強く抱きしめる。

私は、優希也さんじゃなきゃ駄目だ。

この先も一生、優希也さんさえ、傍にいてくれたら私は幸せなのだ。

私たちは視線を合わせ、どちらからともなく唇を重ねる。

「私は優希也さんが大好きです。優希也さんだけを愛しています」

唇が離れた後、そう告げる。

「俺も同じだ。ももこだけを愛している」

優希也さんは私のことをぎゅっと抱きしめながら、愛おしそうに頭を撫でてくれる。

私は優希也さんの細くて大きくて優しい手が大好きで、気持ちが次第に落ち着いてくる。

「ゆ、優希也さん……！　私は優希也さんの温もりが好きです。だから……その、温もりでさっきのことをかき消してくれませんか？」

「ももこ？」

「私は……優希也さんにしか触れられたくないんです。だから……」

声が震えてしまう。私には優希也さんしかいないから、たくさんの温もりと愛情を注いでほしい。

「ももこ……、愛してるよ」

優希也さんは私の額や首筋にたくさんのキスを落としてくる。気持ちを再確認した私たちは、強く強く抱きしめ合った。

＊　＊　＊

知花を暴走させてしまったのは、完全に自分のせいだ。

全く関係のないももこに怖い思いをさせてしまい、猛省している。

仕事上の付き合いもあるし、元妻の弟だからと油断した。

ももこに話し相手がいないからと言っても、訪ねてきても軽率に自宅に上げることを許さなければ良かった。

「こないだ、ももこさんには謝りましたよね？　もう会いに行きませんし、旅館の件が済んだら業務提携も解消してくれて構いませんよ？」

元妻の弟を後日の夜、食事に誘い、話をすることにした。初めは拒否をされたが、半ば強引に連れ出す。

「国家資格の一級建築士フリーランスですから、桐野江不動産との取り引きがなくなっても仕事はあります。どうぞ、俺のことをお切りください」

知花は淡々と嫌味っぽく話しているくせに、目の前に出されたイタリアンのフルコースは堪能している。

「業務提携のことだが、打ち切りはしない。桐野江不動産にはお前が必要だからだ」

知花の設計した建築物は数々の賞をもらっている。

知花は現在、大注目の若手建築士で他の企業からもオファーがきている。

ビジネスパートナーとして、話題性もある彼をみすみす逃そうなんて考えはなかった。それはあくまでも、個人的な私情は抜きで、知花の実力を買っているからだ。

「ももこさんはあんなことした俺を桐野江不動産がまだ使ってるだなんて、嫌がるかもしれませんよ？」

呆れたように知花は溜め息を吐く。

「仕事上の契約にももこは関係ない。それに、ももこは旅館以外の仕事には口出しをしない」

「相変わらず、人の気持ちも考えないで……ドライですね」

知花は俺のことを睨むような態度を取り、持っていたフォークを皿の上に置いた。

「業務提携はしていくつもりだが、お前がももこにしたことは許されないことだ。それに関しては許すつもりはない」

睨んでいる知花の目を見ながら、はっきりとした意志を伝える。

「許してくれなくていい。俺もお前のことを許すことはしない」

知花はそう言い返し、まだ料理の残っている皿を下げるようにスタッフに伝えた。

少し話がしたいから、次の料理は待ってくれるように勝手にお願いしてしまう。

「ももこはお前を信頼していたんだ。酷く落ち込んでしまっている」

「あぁ、だからもう会わない」

「俺に対する復讐のつもりか？」

知花がももこにしたことについて話をする。

「やっていいことと悪いことがある。それは俺自身も反省すべきことで、お前の姉の雪穂《ゆきほ》さんに対して、政略結婚を無理強いしたことは申し訳ないとずっと思っている」

知花は何も言わずに静かに自分の話を聞いている。

「しかし、病気のことは何も知らなかったんだ。ご両親からも知らされず……こんなことになってしまい、時を戻せるとしたら、彼女の幸せを願い政略結婚を取りやめたい」

こう話した後、知花は黙り込んだ。

「俺は……姉に想い人がいることを知っていて、成就しないままに結婚させられた上に亡くなってしまったので、ずっと可哀想だと思っていた。その思いから、貴方を恨むようになった」

俺の話を聞いて、しばらくの沈黙があった知花がぽつり、ぽつりと話し出した。

知花は、ももこと二人きりで話をするうちに、純粋で可愛いももこが好きになっていたこと。

姉に対して政略結婚という酷い仕打ちをしたと俺のことを恨んでいたこと。

それにより、知花は初めは俺とももことの仲を引き裂いてやろうと思って必要以上に近づいていた。が、しかし、いつの間にか、ももこが好きになっていたらしい。

そして、マンションに来てももことの二人きりの時に既成事実さえ作ってしまえば、俺にも復讐できるし、ももこも手に入ると考えるようになったと知花から聞いた。

「俺は、ももこさんのことが好きだ。桐野江さんと出会う前に出会えたら、何かが変わっていたかな……」

「さぁな。それは運命の巡り合わせだから分からない。俺とお前もな」

お互いに心の内をさらけ出すことにより、わだかまりもなくなったように思う。

自分たちはこれからも仕事のパートナーとして、協力し合うことを誓い合った。しかし、知花がももこにしたことは一生許さないだろう。それは知花にとっては俺が知花の姉にしたことと同じで、お互いに和解などはできないと思っている。

ただ怖い思いをしたのにもかかわらず、ももこが俺たちの仲を取り戻したいと願っているので、歩み寄りはしていくつもりだ。ももこへのケアも忘れずに過ごしていきたい。

知花との食事は早めに済み、通りすがったパティスリーでケーキを購入した。

「優希也さん、おかえりなさい」

帰宅するといつも通りに玄関先まで笑顔で出迎えてくれる、ももこ。そんなももこが俺の癒やしであり、支えである。

「はい、お土産」

「わぁ！　ありがとうございます」

ももこにケーキの入った箱を手渡すと満面の笑みを向けられる。名前と同じように愛くるしい桃の花のようなこの笑顔に弱い俺は、心底買ってきて良かったと幸せを噛み締める。

「優希也さんは食事したばかりでお腹に入らないかもしれないので、先にお風呂どうぞ。コーヒーを淹れる準備をしておきますね」

「俺はコーヒーだけで大丈夫だよ。ももこが食べるのを見てるだけで満足だから」

「えー！　そう言わずに一緒に食べましょう」

半ば強引に浴室まで連れていかれ、上がった時にはコーヒーを淹れる準備が整っていた。ももこは、俺がリビングに顔を出したと同時にドリップコーヒーにお湯を淹れ始める。

「優希也さんはケーキは何にします？」

「ももこが先に選んで」

どれが良いのか分からず、二人分では多いかもしれないが、箱に詰められるギリギリまで購入してきた。季節のフルーツショートやプリンアラモードやチョコレートケーキ、ベイクドチーズケーキなど六種類が入っている。

元々、甘い物はあまり好きではないのだが、唯一食べられるとしたらベイクドチーズケーキだろうか。

「私は季節のフルーツショートにしますね。いただきます！」

ももこは嬉しそうに選び、俺の分のベイクドチーズケーキも皿にのせて差し出してくれた。

幸せそうにケーキを頬張る姿が微笑ましい。

「優希也さん、今日の会食はリラックスできたんですか？」

ももこには急に会食が入ったとしか伝えていなかった。会食の時はいつも少量しか食べてこないので、ももこに軽食をお願いしていたのだが、今日はお願いしなかったので不思議に思っているのだろう。まさかとは思うが、浮気などを疑われては困る。

「浮気はしてないぞ」

「え？　疑ってないですよ。ただ、お腹空いたって言わないから珍しいなと思って」

ももこは慌てて否定をしたので少なからず、そんな疑いもあったのかもしれない。そして、ケーキのお土産もあったので尚更……。

「隠すつもりはなかったんだが、……実は知花と会ってたんだ」

ももこも知花の話題は聞きたくないだろうと思い、自分で穏便に過ごそうとしていた。

「そうなんですね」

ももこは口数が少なく、考え込むようにケーキを食べていたフォークを皿の上に置いた。

「ももこの気持ちが落ち着いたら話したいと思っていたが、俺も知花も互いを許すつもりはないが、仕事上のパートナーは続けるという結論に至った。こないだみたいな真似は絶対にさせないので、承諾してもらえるだろうか？」

俺はももこの目をじっと見つめて真剣に話した。ももこも視線は逸らさずに、「分かりました。私のことは気にしないでください。知花さんとはあんなことがありましたが……仕事上では関係ありませんから」と答えてから柔らかい笑みを返してくれた。

「私には優希也さんがついててくれるから何の心配もありません」

「ありがとう、ももこ」

ももこから信頼をされていて、心底嬉しい。信頼を損ねないように、自分でしっかりとももこを守る。ももこへの償いはそんな形でしかできずに申し訳なく思うが、これから先は絶対に傷つけたり、傷つけさせないと誓いたい。

＊＊＊

結婚して十ヶ月目のことだった。

私は何かを口にしていないと気持ちが悪くなる。

吐くわけではないのだが、とにかく胃の中がむかむかして気持ち悪い。

「最近、よく食べるな」

優希也さんがお休みの日のお昼。

オムライスを作ったのだが、それだけでは足りなくて小さなおにぎりも握って食べていた。

優希也さんの分は大盛りにしたのだが、私の分もそうすれば良かったなんて思う。

「食べてないと何だか胃がむかむかしちゃうんです。胃腸の病気でしょうか？」

そんな会話をした後、優希也さんはスマホを取り出して何やら調べている。

「もしかしたら食べづわりなのでは？」

優希也さんから、調べたスマホ画面を見せてもらうと、確かに症状が似ている。

食べると落ち着くが、空腹になるに連れて吐き気が酷くなる。

私は翌日、検査薬を試してみることにした。

初めての検査薬だったので説明書をしっかり読んでから、トイレに行って試す。

縦の棒線がもう一本出れば妊娠しているのね？

私はドキドキしながら検査結果を待つと……優希也さんの読み通りに妊娠していた。

検査薬は陽性が出て、優希也さんが帰宅するのを待って報告する。病院に行くと三ヶ月になっていた。

優希也さんからお義母様にも連絡してもらうと「無事に産まれるまでは安心できないわね」と言われたが、気にしない。

私は実家の両親にも報告し、喜びを分かち合う。

実家では旅館を取り壊す前の準備段階に入っていて忙しそうだったが、一緒に働いていた同僚からもたくさんのお祝いメッセージが届く。

私はあの時から気まずい関係になっていた知花さんにも妊娠を報告する。

報告すると……あの時は悪かったと謝罪を受け、「おめでとう」と言われる。

身篭って精神的にも母として強くなった私はいつの間にか、知花さんが怖くなくなっていた。知花さんとは今まで通りに接することにすると、今まで以上に仲が良くなり、友達として接するようになった。


私と優希也さんは初めての赤ちゃんの本やベビーグッズを探したり、幸せいっぱいの毎日を過ごしている。

安定期に入り、優希也さんのお母様が性別を聞いてきたため確認したところ、赤ちゃんは女の子であることが判明した。

早速、私は報告のために桐野江家に電話をする。

しかし女の子だったので、義理の母は面白くないようで、電話口で文句を言ってきた。

『女の子なの？　後継者になれないじゃない』

そう言われた私は収拾がつかないことを悟り、優希也さんにそっと電話を替わってもらう。

優希也さんは、「父さんも婿養子なんだから、この子が婿をもらえば良いだけの話だろう。それにこの子が桐野江グループを継ぐとは限らない」と言う。

すると、『まぁ！　私に口答えするのね。私はちゃんと一人息子を産んでるわよ』と返してくる。

優希也さんも負けずに「今どき、後継ぎが男性だとか、身内だとか。母さんの考え方が古い」と返すと、怒って電話を切られてしまった。

私は不穏な空気を感じていたが、何も言えずに黙っていた。


数日後、私は優希也さんの実家に手土産を持ってお邪魔することにする。

慣れない電車とバスを乗り継ぎ、ドキドキしながらやって来た。

平日の昼間なので、お義母様とお手伝いさんだけしかいない。

「突然に来てお急ぎのご用件は何かしら？」

お義母様は玄関先でつっけんどんに聞くが、「特に用件はありませんが、お義母様とお話ししたくて」と私は返す。

お手伝いさんにリビングに案内をされる。

すると、私は部屋の隅に、編みかけの赤ちゃんの帽子のようなものを発見した。

思わず聞いてみると「暇だから作ってるだけよ」と言って編みかけの帽子と編み物セットを隠そうとするお義母様。

その時、「奥様はこの他に靴下やベストなどをお作りになられてます。赤ちゃんが産まれてくる日が待ち遠しいのですよね」とお手伝いの女性が口を挟んだ。

お義母様はバツが悪そうにしていて、私の方を見ようともしない。

「……そうよ。産まれてくる日が待ち遠しいの。今どき、後継ぎが女の子ではいけないというのは古いわよね」

しばらくして、お義母様はそう返してくれた。

意地を張っていたお義母様だったが、優希也さんの考えを聞いて考え方を改めたと言う。

結婚前に人間ドックの他に、産婦人科にも行かされたのは結婚相手に相応しいかどうかという理由だと思っていたが、前妻が亡くなってしまったことからもきていたのか……と私は納得する。

「貴方なら優希也の妻としても、桐野江家の子どもの問題も大丈夫そうな気がするの」

お義母様は穏やかに微笑む。私は、初めてお義母様が自分に微笑んでくれたと思い、涙が潤んできて目頭が熱くなる。

「今まできつくあたってごめんなさいね。一緒に出産を乗り越えましょう」

優しい声かけが胸に染みる。

「はい、よろしくお願いします」

私とお義母様のわだかまりがなくなり、打ち解けることができた瞬間だった。

夜、帰宅した優希也さんに今日の出来事を話す。

優希也さんは「母と仲良くしてくれてありがとう」と伝える。そして、元気に産まれてきてくれれば性別はどちらでも構わないと告げられた。

お義母様とも打ち解けてすっかり仲良くなった。妊娠期間は食べづわりの傾向があったが、お義母様のアドバイスとサポートにより、体重も大幅に増えることなく事なきを得た。

出産までの道のりも順調に進み、予定日より三日前くらいに陣痛がきた。しかし、実家の両親は旅館の仕事を急に空けることができず、優希也さんも仕事が忙しかったために桐野江家のご両親にお世話になる。

お義母様は出会った頃のツンケンとした態度ではなく、常に私に寄り添ってくれていた。桐野江家専属の運転手は使わずにお義父様が病院まで送迎してくれたり、お世話になりっぱなしの日々だった。

旅館のリノベーションも作業工程に入るらしい。まずは買収した土地から新築の別館を建て終わり、これから旅館のリノベーションをする。出産まで間近という時に引っ越し作業と重なってしまい、旅館も大慌てである。

当初は出産前に引っ越し作業まで終わるはずで重ならない予定だったが、他の作業の遅れにより引っ越し場所が確保できない状況らしかった。その他、資材の入荷に遅れが生じ、リノベーション自体の開始時期も遅れてしまうというやむを得ない状況だった。

旅館関連が慌ただしい中、私は桐野江家のご両親のおかげで、元気な赤ちゃんを無事に出産する。現在、娘は六ヶ月になった。出産に駆けつけることができなかった両親だが、翌々日には病院に来てくれて私も安心する。両親は忙しそうで顔もやつれ気味だったが、娘に癒やされたようで自然と笑みがこぼれていた。

娘の名は優希也さんからいただいて、〝心優《みゆ》〟と名づけた。心の優しい女の子になると良いな、と言う意味合いがこもっている。

赤ちゃんがいる生活は大変だったが、毎日が楽しい。

病院で知り合ったママ友に誘われて、赤ちゃんサークルに出かけたりもしている。

あの寂しくて、ホームシックになってしまいそうな日々が懐かしいほどに充実した毎日を送っていた。

今日は二週間に一度の赤ちゃんサークルの日。仲良くなったママ友と待ち合わせをして、集合場所に向かう。

赤ちゃんサークルは区民スペースで行っていて、リズム音楽を一緒に楽しんだり、交流会と称した雑談の時間もある。

「ももちゃん、離乳食は順調？」

「うん、今のところはちゃんと食べてくれてるよ」

交流会の時間に仲良しのママ友と離乳食の話をしていると、よちよち歩きの男の子がこちらに向かってきた。

「わぷっ」

転ぶか転ばないかの瀬戸際だったが何とか上手に歩いて、私の腕にぶつかる。男の子はその拍子に尻もちをついたが、泣かずに目を丸くしている。

「うちの子がごめんなさい！」

「いえ、大丈夫ですよ。歩くの上手ですね」

「最近、歩き始めたの。もうどこにでも歩いていきたくて危ないったら……」

見た目は私よりも歳上のママさんで、初めて話す方だった。お互いに自己紹介をして、私とママ友の輪に入って話をする。

「え？ 旦那さんは十歳上なのね。……となると、私と同じ歳くらいかな？」

男の子はママさんが持参してきた音の出る絵本で遊び始めた。お初なママさんは気さくな方で、自分の年齢もカミングアウトする。

ママさんは高齢出産ギリギリだったらしいが、事前に任意でする羊水検査はしなかったそうだ。仕事人間で忙しくしていたら結婚の適齢期を逃してしまい、慌てて婚活を始めたらしい。

どうしても赤ちゃんは欲しくて、でも仕事も大切で……葛藤はあったが、今では子どもの成長を見ることで、産んで良かったと思えた、と聞いた。

「キャリアも大切だったけど、赤ちゃんの可愛さは今しかないから、存分に向き合いたいって思って、仕事は辞めちゃった」

てへ、とはにかむように笑うママさんが可愛らしい。

「そうそう、今よりも大変になるかもしれないけど、二人目の妊活始めたの。子どもは二人欲しいけど、年齢的にも体力的にもきついから早くしなきゃって思って」

そういえば心優が産まれてから、優希也さんは私に触れてもこない。色々と産後の夫の変化を噂に聞くので、飽きられたのかも？　と、私の脳裏に過ぎる。

桐野江家の後継者候補として、二人目はなるべく男の子を産まなきゃ！　と思っているのだが、優希也さんのご両親も娘を可愛がってくれているし、元気に産まれてさえくれれば幸せだとも思っている。

「ももちゃんちのご主人は確か、十歳上だったよね？」

「そうです」

「なら、精子の働きが悪くならないうちに早く妊活した方が良いみたいよ。聞いた話によると、歳を重ねるごとに妊娠できにくくなるんだって！　実際に知り合いの方が八年も二人目ができないのよ」

二人目の妊活を調べていた時に何となくは知っていたが、まさかうちには関係ないだろうくらいに他人事に思っていた。やはり本当だったのかと私も焦り始める。

私も子どもは二人以上は欲しい。

……でも、優希也さんは心優が産まれてからは私を女性として見てくれていないのか、スキンシップが何もない。

仕事から帰宅すると、新婚の時はいつもハグをしたり、額にキスをしてくれたりしたのに……最近では何もなかった。

二人目が欲しいと言ったら、優希也さんはどう思うのだろうか？

ママさんから聞いた情報を鵜呑みにした私は、仕事から帰宅した優希也さんに二人目について聞いてみることにした。

「おかえりなさい！　今日、赤ちゃんサークルに行って来たんですけど……」

「ただいま。今日の赤ちゃんサークルはどうだった？」

心優を抱っこしながら玄関に出迎えをする。優希也さんは感染予防のために手洗いうがいをした後にひょいっと心優を抱き上げた。

「うちの心優が一番可愛かっただろ？」

完全に親馬鹿な発言をする優希也さん。

優希也さんは真っ先にお風呂に入る準備をしていた。

「そりゃ、心優が一番可愛いですよ」

優希也さんは夕食をとる前に心優をお風呂に入れてくれるのが日課になっている。

心優もお風呂の時間が分かるのか、抱っこされた足をバタバタと動かしていた。

「あの……！　聞いた話によると年齢を重ねるごとに妊娠しづらくなるそうなんです。

だから、あの……その……」

誰が、何を、の詳しい話はしなかったが、ニュアンス的に分かってもらえればそれで良い。

「ももこ？　顔が赤いけど、大丈夫か？」

優希也さんは心優を抱っこしながら、私の頭を撫でてくれた。

「や、やっぱり、何でもないです！」

私はくるり、と後ろを向いて優希也さんに背中を見せる。

「ももこは二人目が欲しいのか？」

先にお風呂場に行き、バスタオルや下着などを用意していた私に優希也さんが話しかけてくる。

優希也さんは私が言いたかったことを察していた。

「……はい。男の子も欲しいですし、自分が一人っ子だったので、家族がたくさんいたら賑やかで楽しいなって思って、妊活始めたいなと思いました」

私はこの際だから、妊活したいという気持ちをはっきりと表明する。

「……うん」

勇気を振り絞って提案したのだが、優希也さんは下を向いてしまって、乗り気ではないらしい。

そもそも、この半年求められなかったのは自分にはもう魅力がないからだと今更ながら感じてしまう。それとも、自分から強請る形になってしまって呆れられたかな？

不安ばかりが過ぎり、口に出さなければ良かったなどと自己嫌悪に陥る。

「……ごめんなさい、今のは忘れてください！」

私は自分が惨めになりそうで、この場を離れようとするが優希也さんに腕を掴まれる。

「分かったよ、心優が寝たら妊活しようか」

優希也さんは私の耳元でそう囁く。断られたと思って諦めていたのに優希也さんからの返答に驚いて、顔を上げて思わず見てしまう。すると優希也さんは照れていただけなのか、顔が真っ赤だった。

優希也さんはそう言った後、額にキスをしてくれた。久しぶりにされたので、触れられた場所からじんわりと熱くなり、顔が火照り始める。

私は何も言わずに頷き、心優を預かった。

優希也さんが先に身体を洗ってから湯船に入り、その間に心優の洋服を脱がせる。

帰宅時間が遅くて、私が一人でお風呂に入れる時は脱衣所にバスタオルを敷き、裸にさせてオムツだけをしている心優を別なバスタオルで包んで寝かせておく。

二人目ができれば、この作業も容易ではなくなるけれど、精一杯頑張りたい。


心優を寝かしつけた後にリビングに行くと、優希也さんがノートパソコンを開きながらソファーでうたた寝していた。

冷めた飲みかけのコーヒーの入ったカップを下げ、起こそうか、毛布をかけてあげようか悩んでしまう。

「ももこ?」

私の気配を感じた優希也さんは、ぼんやりと薄目を開ける。

「はい、そうです」

「心優は寝た?」

優希也さんは上半身を起こして、私に確認していく。

「寝ました。ふわぁぁ、私もそろそろ寝……」

「ももこ、まだ寝ちゃ駄目だろ？」

寝ていた優希也さんを見ていたら自分にも眠気が襲ってきて、欠伸が出てしまった。

優希也さんは私の腕を引っ張って、ソファーに雪崩れ込むような体勢になる。

「久しぶりだから、手加減できそうもないな」

そんな風に言いながら、私の頭や頬を愛おしそうにゆっくりと撫でていく。

「……んんっ」

優希也さんの顔が近づいてきて唇が触れたかと思えば、徐々に深く濃厚になっていった。

私は久しぶりの感覚に酔いしれて、キスに夢中になる。

「俺の奥さんはとても可愛いな」

キスだけで目がとろんとなってしまう。

「ゆ、優希也さん！　暗くして……」

優希也さんが明かりをつけたままで、色違いでお揃いのパジャマのボタンを外そうとしたので私は身を捩り、蛍光灯のリモコンを取ろうとする。

「分かった。ここじゃ窮屈だろうから、ベッドに行くか」

私にはソファーも充分に広いのだが、優希也さんにお姫様抱っこをされて、流されるままベッドに連れていかれる。

心優はベビーベッドの中ですやすやと気持ち良さそうに寝ていた。

「ももこ、出産した後だから、どこか痛かったりしたら我慢せずにすぐに言ってくれ」

優希也さんは私の身体を心配してくれている。

「多分、半年は経ったので大丈夫かと思います」

「そうか。でも、本当に何かあったらすぐに言って。なるべく優しくするけど、我慢し過ぎて優しくできないかもしれないし……」

「我慢し過ぎて、ですか？」

私は飽きられたのかと思っていたのだが、どうやら違ったらしい。

「心優が産まれてからずっと我慢してた。さっきの提案も嬉しくてどうして良いのか反応に困った。……やっと、ももこに触れられるな」

良かった、拒否されていたわけではなくて。優希也さんは私の頬に触れると激しめのキスを繰り返しながら、パジャマのボタンを外していく。

露わになった素肌に優希也さんの唇や指が触れると、私の身体は次第に反応していった。

触れられた箇所が敏感になり、身体も汗ばんでいく。

「痛くないか？」

「だい、じょ、ぶ……」

優希也さんと久しぶりに身体を重ね、痛くもなく、快感の方が強かった。

心優が起きないように甘い声を我慢しながら、優希也さんの背中にしがみついた。

本日の妊活が終了して、私は久しぶりに身体に重だるさを感じている。まだ触れられた部分に熱を持っている気さえする。

「家事と子育てを任せっぱなしで、ももこが疲れているのに……自分の都合だけで抱くことはできなかった。本当はずっと触れたかったんだ」

行為が終わった後、私の頭を愛おしそうに撫でながらベッドの中で横たわり呟く優希也さん。

「私も……優希也さんに触れたかった」

久しぶりの優希也さんとの距離感も嬉しくて、私はぎゅっと抱き着く。

「赤ちゃんも欲しいんですが、今までみたいに……たまには愛してほしいんです」

私は聞こえるか、聞こえないかの声で呟いた。

「そんな可愛いことを言って、また俺を煽るんだな」

優希也さんには聞こえていたようで、私を見下ろす体勢に変えた。

「心優がぐっすり寝てるから、ももこの気が済むまで可愛がってやる」

「ゆ、優希也さん……！」

明日も平日で優希也さんには仕事がある。

しかし、優希也さんの抑えていた気持ちに火をつけてしまった私はもう一度、時間をかけて抱かれることになった。

翌朝は案の定、寝不足で身体もだるく、心優のお昼寝時に一緒に寝てしまう。

買い物に行く時間を過ぎてしまい、冷凍庫に作り置きしておいたおかずで夕食は済ますことにした。

優希也さんとの出会いは運命的なもので、全ての巡り合わせの上で成り立っている。

以前の奥様の分まで、優希也さんを幸せにしたい。

そう思いながら、幸せな日々を重ねて過ごしていく――

エピローグ

心優が一歳になり、新規事業の旅館も完成した。

「心優ちゃん、危ないからパパに抱っこしてもらおうね」

「やぁー！」

誰に似たのか、心優はおてんば娘だ。

歩き始めた心優は転びそうになりながらも、靴を履いて動き回ろうと必死である。

「子どもはね、このくらい元気があった方がいいのよ。少しくらい転んだって大丈夫」

歩き回って、母の足元にぶつかる心優。

母は転んでも大丈夫だと言いながらも、転ぶ前に心優をキャッチして抱き上げてくれた。

心優は足をバタバタさせて、きゃっきゃっと喜んでいる。

今日は完成した旅館を見るために、両親も一緒に訪れていた。

子どもが産まれてからというもの、母は優しい顔つきになり、俺たち家族にとても親切にしてくれている。

孫の存在は偉大だ。今なら、それがよく分かる。

「桐野江様ー、お茶にしましょー！」

ももこの母が遠くから、自分たちを呼んでいた。

ももこの実家に移動すると、先に家の中に入っていたももこの母がお茶の準備をしていた。

「準備に追われていて、慌ただしくて申し訳ありません。本日はお越しいただき、ありがとうございます」

ももこは心優を俺に預けてお茶をする準備を手伝い、地元で有名な和菓子店のお菓子をテーブルに並べ、温かいお茶も配る。

「いえいえ。この辺りはとても素敵な場所ですね。旅館の裏側に流れている小川が雰囲気があって良いですね」

母親同士が話し始めた頃、抱っこされていた心優が脱走する。

客間から脱走した心優は、とにかく色んな場所を目指して歩き始めた。

途中で転んで頭をぶつけそうになり、びっくりして大泣きしてしまう。

大泣きしている心優をももこの母が抱き上げると、ピタリと泣き止んだ。偶然かもしれないが、ももこの母は心優が落ち着いたことに喜んでいる。

心優が外に出たいと言い出して、団欒している両親をこの場に残してももこと共に行く。

「あれ、残してくれたんですか？」

旅館の外には、ももこが子どもの頃に祖父が作ってくれた木のブランコがある。

「まだ使えそうだから、補強したりして安全なものにしてもらった」

「ありがとうございます……！　私、優希也さんのさりげない優しさが大好きです」

ももこは、新しく生まれ変わった旅館を見渡している。

「俺は、ももこと心優のためにどんな願いも叶えることに全力を注ぐことにしてるからな」

「あはは、私もそうですよ。実は……」

ももこはにこにこと笑いながら、俺の耳元で内緒話をする。

「ついに二人目ができちゃったみたいですよ。早く会いたいですね！」

「え？　本当か？」

「検査薬は陽性でした」

病院に行き確定するまでは両親には言わないでと言われた。

だから、先程もお茶は飲まずにいたのか。そういえば、最近、よく食べている気もするな……。

「家族が増えるって良いですね。幸せが広がります」

母になっても可愛い笑顔を自分に向けてくれるももこ。

俺は改めて、ももこに出会えて良かったと幸せを噛み締めた。

【番外編】幸せとは？（桐野江優希也目線）

心優が三歳、弟の希《のぞむ》が一歳になった。

心優は母親のももこ似の活発で可愛い女の子。ももこが幼い頃はきっとこんな感じだったのだろうか？　という気がしている。

希はどちらかと言えば穏やかな感じで、いつもにこにこしていて愛嬌があるところはやはり、ももこ似なのだろう。

今日はももこの三十一歳の誕生日を祝うべく、旅館〝やまぶき〟に滞在している。

「騒ぎ疲れて寝ちゃいましたね」

「そうだな」

心優と希は、祖父母や従業員に昼間の時間帯にたくさん遊んでもらっていた。

夕食後に温泉に入った後、布団に横になりゴロゴロと転がって遊んでいるうちに疲れたのか、今は二人とも寝息を立てながらぐっすり寝ていた。寝顔がとても可愛い。

「優希也さん、ちょっと待っててください」

ももこはそう言うと客室を出た。十分を経過しても戻って来なかったので、俺はすやすやと眠る可愛い二人の子どもたちの傍に行き、寝顔を近くで眺めることにした。

「お待たせしました。あれ？　優希也さん？」

「こっちにいるよ。今、行くから」

初めは座って寝顔を眺めていたのに、横になったことで次第に眠気が襲ってきていた。ももこが戻らなければ、間一髪で危うく寝てしまうところだった。

「夕食では、ゆっくりお酒を飲めなかったでしょ？」

「ビール？　……ありがとう」

トレーに瓶ビールと冷たいお茶、おつまみの盛り合わせをのせてきたももこは、それらをテーブルに置き、再びいなくなる。

夕食時は客室での料理提供だったが、子どもたち二人がいるとゆっくりは堪能できない。食事をするのが精一杯でお酒を飲む余裕がなく、生ビールも半分くらい残してしまった。

ももこのさりげない気遣いが嬉しい。結婚して四年目に突入したのだが、俺に対しても変わらずに優しくて、子どもたちにも良い母親である。

ももこが再び戻ってきた時には、夕食時にロウソクだけを消した誕生日祝いの四号サイズのホールケーキをカットしたものをトレーにのせていた。

「今日は私のためにありがとうございます」

ももこはグラスにビールを注ぎ、手渡してくれる。冷たいお茶が入ったグラスと合わせ、乾杯をした。

「改めて、お誕生日おめでとう。ももこも三十一歳かぁ……」

出会った頃は可愛くてまだあどけなさが残っていたももこだったが、現在は大人っぽく、ものすごく綺麗になった。

「ふふっ、周りから見てお似合いの夫婦になれてるかな？」

ももことは十歳近く離れているので、自分だけ先に老いていくのが辛くて不安が募る。自分はもうすぐ四十一になってしまう。

「ももこはまだ若くて羨ましいな。同い年くらいなら同じように歳を重ねて生きていけるのに……」

十歳近く離れていると話題や好みの音楽にもズレがあり、ももこには不便をかけているんじゃないかと不安に思う時もある。

「私も思うことがあります。優希也さんは歳を重ねるごとに益々素敵な男性になっていくので、隣に立っても釣り合うようになりたいんです……！」

ももこはそう言って、隣に座る俺に抱き着いてきた。

「私、優希也さんの隣に立っても不自然じゃなく見えますか？　ちゃんと大人の女性になれてますか？」

不安げな顔をして上目遣いで見てくるももこが愛おしく、頭を優しくゆっくりと撫でた。

「ももこは元々可愛いけど、今はものすごく綺麗になったよ」

「私、綺麗になりましたか？」

「あぁ、もちろん」

ももこは既婚者で自分の妻なのに、誰かに盗られそうで不安になる日がある。知花のこともあったが現在は解決済みで、自分たちの間には子どもが二人もいるのに何故か不安になってしまう。

「あんまり綺麗になられると困る。ももこは俺の妻なのに、悪い虫が寄ってくる可能性があるからな」

「私には誰も寄ってきませんよ。私は優希也さんの方が心配なんです。優希也さんは誰に会わせても羨ましい旦那さんって言われるんですから！」

家族経営の不動産業を引き継いだために地位はあるので、それを羨ましがられた時はあるが、ただそれだけだろう。

「結婚して何年経ってもヤキモチは妬きます。隙あらば優希也さんに近づこうとしてる人だっているのに……」

「そんな人いないだろう」

ももこは頬を少しだけ膨らませて、不機嫌そうな態度を取る。

「います！　私は優希也さんと結婚して子どもだっているのに、優希也さんの愛人になりたいとかっていう人がいるって噂を聞いたことがあります」

「え？」

愛人？

「ちょっと待って、ももこ。俺は愛人なんて作るつもりもない」

「……男は浮気して一人前だから愛人の一人や二人いてもおかしくないとか、言われたこともあります」

誰だか知らないが、身も蓋もないことをももこに吹き込むのはやめてほしい。浮気して一人前だとか、いつの時代の話なんだ？

「優希也さんがもしも、……もしもですよ？　私の他に好きな人ができたとしたら、遠慮なく言ってくださいね。でも私は、優希也さん一筋ですからね」

「いや、俺も、ももこしか愛さないからな。そんなことは心配しなくていい」

ももこはぎゅっと抱き着いたままで離れない。そんなももこは随分と珍しく、いつにも増して愛おしい。

「何歳になっても、こうやって甘えてきてほしいものだな」

「ゆ、優希也さん……！」

「愛してるよ、ももこ」

抱き着いているももこをそのまま客室の畳に押し倒す。子どもたちはすやすやと気持ち良さそうに寝ているから、きっと起きてはこないだろう。

「ももこが変な噂に振り回されないように、愛してるって何度でも伝えたい」

「……んっ、優希也さん」

唇をゆっくりと重ねて、次第に舌の絡み合うキスをしていく。押し倒した時に浴衣がはだけたももこは、妙に色っぽくてそそられる。

落ち着いた暗めの藍色に大きな百合が描かれている大人っぽいデザインの浴衣が似合うようになった彼女は、出会った頃よりも格段と綺麗になった。

「布団に移動するか？」

「……子どもたちが起きちゃうかもしれないから、ここで」

俺がこれから何をしようとしているかを察したももこは、視線を逸らしながら小さな声で答える。俺は子どもたちの様子が確認できるだけの隙間を少しだけ残して、布団が敷いてある客間の襖を閉めた。

「客室だから、声が漏れないようにしなきゃな」

「ゆ、優希也さんが無茶しなければ……大丈夫です」

自宅でも、ももこを抱く時はなるべく静かにことを済ませている。しかし、今日のももこは愛おし過ぎて……理性が利かないかもしれない。

「……あ、あんまりつけちゃ駄目！　子どもたちに変に思われちゃう！」

ももこのはだけた浴衣の隙間から、赤い蕾を胸の辺りに二、三箇所つけてしまったのだが……確かに何も知らない純粋な子どもは赤い部分が何なのかを気にするかもしれず、それは盲点だった。

「ごめん、子どもたちとはお風呂に一緒に入るもんな。つい何も考えずに……」

不安がっているももこに、自分のものだということを知らしめたくて調子に乗ってしまった。結婚してから三年と少しが経過したが、ももこに対する愛情は増すばかりだ。

「日が経てば消えますから、きっと大丈夫です。優希也さん、明かりを消してください……！」

「そういえばつけたままだったな」

ももこに促され客室の明かりを少し暗めにした。上から見下ろすももこはとても綺麗で、唇もぷるんとしていて可愛い。恥じらっている姿がいつまでも初々しく、全てが愛おしくて堪らない。

「優希也さんはいつも忙しい中でも、私のことも気にかけてくれて嬉しいです」

「それはももこも同じだろ。いつもありがとう」

ももこはそっと両手を伸ばして、俺の背中に抱き着いてくる。今日のももこは本当に甘えん坊だ。

「……あっ、優希也さん。んっ」

二人はぐっすりと寝ているので、今日はゆっくりとももことの時間を過ごしたい。じっくりと攻めて、ももこの可愛い顔と甘い声を思う存分、堪能したい。……がしかし、客室なのでももこの甘い声が大きくなりそうな時はキスをして唇を塞いだ。

攻められて、汗ばんでいくももこの身体。熱い吐息も漏れていく――

うっすらと目を開けると太陽の陽射しが眩しく、ももこと心優が傍にいて上から覗いていた。俺以外の三人は起きていて、希も布団の上でころころと転がって遊んでいる。

「パパ、おはよっ」

「優希也さん、おはようございます！」

昨日は愛し合った後、ももこが畳の上で寝てしまったので布団まで運んだ。その後は一人で客室に備え付けてある露天風呂の温泉に浸かり、ゆっくりと羽を伸ばした。露天風呂に入った後は布団に入って寝たのだが、どうやら寝過ぎたらしい。

「久しぶりにゆっくり寝た気がする……」

「ふふっ、それなら良かったです」

普段は家族に早く会いたくて一分でも早く帰るが、その分夜遅くまで家で仕事をしている時もあって寝不足気味だった。気づけば朝の九時を過ぎていて、日頃の寝不足を補うかのように、深く眠りについていたらしい。

「朝食はおにぎりにしてもらったんですが、良かったですか？」

「あぁ、……ありがとう。みんなは朝食はとったのか？」

「はい、子どもたちと一緒にお先にいただきました」

ももこはぐっすり寝ている俺のことを気遣い、朝食はみんなおにぎりと味噌汁にしたらしい。希だけはまだ完了期の離乳食を食べているので、特別メニューだった。

「おにぎりは鮭とタラコです。冷めてしまったかもしれません」

ももこに子どもたちを少しの間見ていてと頼まれ、五分後くらいにおにぎりと味噌汁、少量の漬物が届いた。おにぎりはももこのお母さん特製だ。初めていただいた時から、ももこのお母さんのおにぎりが好きだった。米がふんわりとしていて、ちょうど良い塩加減のおにぎりが美味しいのだ。

「みゆ、おにぎり食べたー！」

「そうか、残さず食べたか？」

俺の膝にちょこんと乗ってきた心優は、おにぎりをじっと見ている。

「食べた。おさかなの」

お魚とは鮭のことである。心優は誰に似たのか、なかなかの大食いで好きなものはぺろりとすぐに食べてしまう。

「みーゆ！　それはパパのなんだよ。パパお腹空いちゃうよ？」

心優の様子を見たももこはすかさず、おにぎりを食べられてしまうのを阻止した。

「……分かった」

納得したのかと思えば、おにぎりに手を伸ばすことはなく、まだじっとおにぎりを見ている。

心優にも少しあげても良いのだが、おにぎりはきっと大人の味付けだから塩分が高いかもしれない。ももこはいつも食事には気を遣っているので、子どもたちには塩分控えめにしているはずだ。

しょんぼりしている心優は膝に座ったままで、じっとしている。

「みーゆ、まだお腹空いてるの？」

「うん、空いてるー！」

ももこが尋ねると心優はまだ物足りないようだった。ももこはそんな心優を連れて客室から出ていき、希と二人きりになる。味噌汁がこぼれてしまっては大変なので、希がテーブルにつかまり立ちをして一人遊びしている間に、ササッと飲み干す。

おにぎりも食べても大丈夫かと思って手を伸ばそうとした時に「パーパー」と言って、希がぶつかってきた。

「っわ、頭ぶつけなくて良かった」

つかまり立ちで横に歩いた拍子に俺にぶつかってよろけた希を、ちょうどキャッチした。

「パパ、おにぎり食べてもいい？」

俺がそう聞くと、希はそのまま膝の上に座り、大人しくしているのでおにぎりを食べ始める。しかし、食べていると希が立ち上がろうとしてテーブルに手を置いた。

「急いで食べるからね、待ってて」

ご機嫌でテーブルをバンバンと叩いている希だったが、重心を崩して尻もちをつく。急にドスンッと太ももに座ってきたので、おにぎりが喉に詰まりそうになった。

「……パパ？」

「だ、大丈夫だよ」

喉が少し苦しくて咳払いしながら、自分で気管支の辺りをどんどんと叩く。希はきょとんとして俺を見ていた。

「パパー、おにぎりー！」

その時、ガラッと客室の扉が開き、ももこと心優が戻ってきた。それに気づいた希が二人の元へと向かっていく。

「みゆーの、おにぎり」

心優はお皿の上に小さなおにぎりを二つのせていて、希が近づこうとするとそれを背中の後ろに隠した。するとおにぎりが勢いあまって床に落ちる。

床に落ちたおにぎりは海苔の上から綺麗にラッピングしてあったので、何とか無事だが、心優の目には涙がいっぱい溜まっていた。

「のぞ、めーよっ！」

おにぎりはももこと二人で作っていたものらしく、心優は希を叱る。希はわけが分からず、ただ泣くばかりだ。

「心優、綺麗にくるんであるから食べられるよ」

「のぞが落とした」

「うん、でも大丈夫だから。こっちおいで」

ももこはひょいと希を持ち上げて、心優を宥めながらその手を引き、テーブルの近くに座った。俺よりもずっと、ずっと、しっかりとした親になっていて感心している。希もすぐに泣き止んで、ももこに抱っこされていて、その横で正座しながらおにぎりを食べている心優がいる。

「心優、ママと作ってきたの？」

「そう。ママとおにぎり、作った」

黙々と食べてすぐになくなってしまったおにぎりだったが、今度は満足した顔をしている心優。

食べている間はものすごく静かだったが、食べ終わった途端に客室を歩き回る。希もついていき、意味もなくぐるぐると往復している。

「子どもって特別なものがなくたって、楽しいんだな」

「ふふっ、そうですね。私は一人っ子だったから、いつも兄弟や姉妹が羨ましかったけど……二人を見てるとやはり、家族が多いって幸せですね」

「そうだな」

ももこはキャリーケースに荷物をまとめながら、しみじみと呟いた。

「優希也さん、今日の洋服はこれで良かったですか？」

「ありがとう。着替えてくる」

ももこが準備してくれた洋服を受け取ってから客室の奥に行き、浴衣から私服に着替える。その最中に希に追いかけられている心優が足元にぶつかって来た。

「わぁっ！」

「心優、捕まえた！」

ひょいっと持ち上げた時にももこが来て、心優を抱っこして連れていく。ももこはいつも旅館で動き回っていたせいか体力はあるのか、疲れたとは言わない。いや、愚痴を言わないだけできっと……疲れは溜まっているはずだ。俺の留守の間も子育てに全力を注いでくれているから――

「ももこ、いつもありがとう」

「え？」

背後から声をかけると、ももこは振り向き様にきょとんとしていた。

「ももこが頑張ってくれてるから、急に言いたくなったんだ」

突如として感謝の気持ちを伝えたので、ももこを驚かせてしまった。

「ふふっ、私こそ、いつもありがとうございます。毎年、私のために素敵な誕生日会を開いてくれて嬉しい」

「子どもたちが大きくなって巣立っていく日が来ても、夫婦だけでも誕生日会は続けような」

「楽しみにしてます。やだ、嬉し過ぎて涙が出てきた」

ももこの目には、じんわりと涙が溜まっている。特別なことを言ったわけでも、しているわけでもないと思うのだが……。ももこが変わらずに楽しみにしてくれるのならば、これからも毎年、ももこの実家のこの旅館に来てみんなで誕生日を祝おう。

ももこの誕生日会が終わり、再び激務の毎日である。楽しい出来事はあっという間に過ぎ去り、現実に戻されてしまった。仕事は休日出勤もあり、夜も遅くなる日もある。

「桐野江社長、お休みは堪能できましたか？」

「あぁ、充分に」

社用車で取引先に向かう時に馴染みの運転手が聞いてきた。

「桐野江社長も奥様を大切にしていないという変な噂もありますし、気をつけてください ね」

二人でリノベーションをした旅館やももこの実家の話をしている時に、隣に座っている笹沼が話に割り込んできた。仕事の話もしやすいように、いつも笹沼にも後部座席に座ってもらっている。

「何だ、その変な噂っていうのは？」

「知らないんですか？　女子社員の中に桐野江社長の愛人だとか言ってる人がいて、大騒ぎになっているとか……」

「馬鹿馬鹿しい！　俺は、ももこ一筋だ」

どこからか、そんな話がももこの耳に入ったため、気にしていたのだろう。事実無根な噂が流れていることに対して、腹が立ってくる。

俺はももこだけを愛しているのに——

「笹沼にスケジュール調整をお願いしたいのだが……」

俺が今でも、ももこだけを愛していることを実感してほしい。そして、それと同時にももこには羽を伸ばしてゆっくりしてほしい。そのためには、早急に休みを取得しなければならない。

笹沼は無言でスケジュール帳を取り出して、ペラペラとめくっている。

「日帰りでも良い。ももこをのんびりさせてやりたいから、呼び出しのない休みが欲しい」

休みでも稀に会社から呼び出しもあるため、スケジュールを調整してもらえない限りは安心できない。予期せぬ場合は仕方ないけれど。

「分かりました。奥様のためですもんね。少し先になるかもしれませんけど……良いですか？」

「構わない」

何だかんだ言っても笹沼のことだから、何とか手回ししてくれるだろう。ももこに羽を伸ばしてもらうにはどうしたら良いものか……。

「……というか、うちの妻にも羽を伸ばしてもらいたいのですが、桐野江社長の奥様と二人でお出かけとかはどうですか？」

「そうだな。それも良いかもしれない」

笹沼の妻は、ももこが東京に来てから初めての友人だ。二人は仲も良く、一緒にママ友のサークルにも行っているらしい。

「じゃあ、子どもたちの面倒は自分たち二人で見ることにしよう」

「それが良いですね、そうしましょう」

子どもたち二人のことを預かるのは初めてだ。ももこが美容室に行く時には面倒をお願いされる。……がしかし、大変だと思ってなのか、俺が頼りないせいなのか、両親が訪ねてきたり笹沼夫婦が訪ねてきたりする。きっと、ももこの差し金だとは思っているが、俺一人でも面倒が見られるということを証明しなくてはいけないので、まずは笹沼と二人で乗り越えよう。


仕事が長引いて、帰宅するのが夜の十時を過ぎてしまった。

「遅くまでお疲れ様でした。お風呂も沸いてますし、夕食もすぐお出しできますよ？」

ももこは希を抱っこしながら玄関先まで出迎えてくれた。心優は先に寝たのか、姿は見えない。

「ありがとう。夕食を先にいただこうかな」

「パパーッ！」

希は両手を俺の方へ差し出して、足をバタバタしている。

ももこの腕の中から自分の方に引き寄せて、希を抱っこした。

「希、ただいま」

「昼間にお昼寝し過ぎちゃって、希はお目目がぱっちりなんです。心優はお昼寝しても夜もぐっすり派だから心配はしてないんですけども……」

希はももこが言う通りに全然眠そうではない。きゃっ、きゃっと笑っていて、元気いっぱいである。ももこは心配そうな顔をしながらキッチンへと向かい、夕食のスープを温め直してくれた。

俺が遅くなる日は、ももこが家事と育児を一人で夜までこなしている。遅くならなくともそうだったりするが、いつもの家事と育児に加えて子どもたちをサポートなしで一人で風呂にも入れなければいけない。俺が子どもたちをお風呂に入れる時はいつも、ももこが湯あがり時に助けてくれる。

ももこは浴室前で待機していて、綺麗に髪と身体を洗ってから湯船に入って温まった子どもたちをバスタオルで拭いてくれるのだ。そして、着替えと髪を乾かしてくれる。

しかし、この過程を自分も入りながら幼い我が子を二人も風呂に入れ、上がった後は身体も拭いて自身の着替えをするという難易度が高いことをももこは一人でこなしていた。

「ももこ、一人で二人を風呂に入れるのは大変だろう？」

「大変ではないのですが、何か事故が起きるのではないかと冷や冷やしてしまいます」

その気持ちはよく分かる。ももこにサポートしてもらっている俺でさえ、未だに怖いのだから。

「ももこにプレゼントがあるんだが、笹沼の奥さんの酒井と一緒に出かけてきたらどうだ？」

「え？」

夕飯を準備してくれたももこは希の抱っこを替わってくれた。その後に提案をしたのだが、唖然とした顔つきをしている。

「笹沼も酒井に羽を伸ばしてほしいらしく、俺たちが子どもの面倒を見てるから。二人で好きな場所に行っておいで」

「でも、優希也さんのお仕事もありますし……」

「たまにはいいんだ。もう笹沼との話はついてるから、気にするな」

ももこの遠慮がちな性格は出会った頃から変わらない。

「希もパパと一緒にいられるよな?」

「パパー!」

希に話しかけると、ももこに抱っこされたままこちらに手を伸ばしてくる。

「希もパパといたいよな?」

俺も手を伸ばして、向かい側に座っている希の指を触る。まだぷにぷにしている、ふっくらとした指先が可愛らしい。

希はにこにこ笑顔で愛嬌を振り撒いている。

「日にちは未定なんだが、酒井と連絡を取って打ち合わせでもして待っててくれ」

「……はい、ありがとうございます」

笑みを浮かべているももこだが、何故だか心配そうな表情な気もする。

休みの日は子どもたちと一緒に過ごすが、ももこもいた。

俺と子どもたちだけで過ごしたことはないので、ももこが不安がるのも無理もない。

……だが、オムツ替えやミルク作りは経験済みだから何とかなるとは自分では思っている。

「おやちゅみ」

眠くなくても時間的にも寝室に連れていくとももこが言い出して、抱っこされながらバイバイと俺に手を振ってくる希。

「おやすみ、希」

ももこは俺が食べている間に希を寝かしつけるので、片付けは後ほどすると言って寝室へと移動した。

ももこも疲れているのだから、戻って来る前に片付けてしまおう。そう思いながら急いで食べている時だった。

「きゃはは、パパーッ！」

寝室から、ドタバタという音が聞こえてくる。そして、リビングへとひょっこりと希が可愛い顔を出した。

「こら、希！」

希の目は相変わらずぱっちり開いていて眠りそうもなく、寝室のベッドから脱走してきた。ももこは捕まえようとするが、希は俺の方に向かってきてよじ登り、膝の上に乗る。

「パパと！」

「……もう、希は困った子！」

大人しめだと思っていた希だったが、次第に歩けるようになってくると、動きが活発になってきた。

旅行の時はまだここまで活発ではない気がしたのだが、子どもの成長は早いものである。

ももこはぷんぷんと怒って困り果てているが、希は一向に気にしていないようだ。

「じゃあ、パパと一緒に寝ようか？　先にママと布団で待っててくれる？」

「ヤダー！」

ゆっくりと話をすると通じているようで、希はぶんぶんと頭を横に振る。

「こっちはもう、お化けが来る時間だから、暗くしないといけないから……」

「お化け、いい！」

心優は絵本の影響もあり、暗いとお化けが来ると信じているから素直に寝室に向かうのだが、希にはまだ通用しないらしい。『お化け、いい！』とは、お化けの存在を知らないので、いても良いということだろうか？

「希、パパはお風呂入るから、ちょっと待ってて」

「ヤダー！」

今日の希は聞き分けが悪く、俺から離れようとしなかった。

仕方ないので一緒にベッドに移動して横になる。すると瞼が重くなってきて、いつの間にか閉じていた。夜中に目が覚めると隣ですやすやと希も寝ている。

ももこは心優と一緒に寝ていて、どの家族の顔も抱きしめたくなるほどに愛おしい。

寝室には、子どもが小さいうちは一緒に寝られるようにとダブルベッドを二つ並べてある。いずれ、子どもたちが自分の部屋に移動したとしても、ダブルベッドならばお互いにゆっくりと寝られると思ったから。

ももこはシングルで大丈夫だと言っていたが、子どもが産まれると同時に『広い方が家族一緒に寝られて良い』と考え方が変わっていた。

たまに家族四人で寝てみたり、今日みたいに男女別に寝てみたりする。もしくは、ももこが子どもたちを寝かしつけた後に空いている方で愛を育んだりもしている。

キングやクイーンサイズを一つのみにしなかったのは子どもには悟られずにももこを愛でたいからでもある。この理由は俺だけの秘密で絶対に知られてはいけない。

結婚して子どもが産まれると愛が冷めると言って浮気をしだす輩もいるが、俺は本当に心の底からももこを愛していて、熱が冷めることはないのだ。

前妻とは死に別れ、十も違う自分を愛してくれるももこを一生離したくはない。

愛を知らなかった自分に、愛することの素晴らしさを教えてくれたももこ。時間の許す限りはももこが喜ぶできる限りのことをしてあげたくて、日々、自己研鑽している。

あれから、二ヶ月が経過する。

話題に出してから日は空いてしまったが、ももことの約束を果たす日がきた。

「本当に本当に大丈夫？　社長と俺の二人なんだから、何も心配いらない」

「大丈夫だって！　社長と俺の二人なんだから、何も心配いらない」

「いや、寧ろ、それが心配なんだわ……」

笹沼夫妻が我が家に子どもたちを連れて訪れ、ももこと酒井が出かける前に玄関先で俺たちとやり取りをする。酒井が心配そうに笹沼に問いかけるが、ももこはにこにこと笑っているだけだ。

「優希也さん、夏樹さん、どうぞよろしくお願いします」

ももこはペコッと頭を下げて、玄関の扉を閉めた。朝、ももこから今日の子どもたちの昼食や飲み物の説明を受けたので何の問題もない。後は子どもたちと仲良く過ごすのみ――

「今日って、桐野江不動産が経営しているホテルのアフタヌーンティーを食べに行くって言ってましたよね？」

「あぁ、俺から二人分の予約は入れといた」

ももこと酒井は何故か、系列ホテルのアフタヌーンティーを選んだ。確かに桐野江不動産の中でも一番の高級ホテルではあるが、俺からしてみれば、せっかくだから違う系列のホテルに足を運べば良かったのに……と思う。

「あとスパの予約も取ってくれたとか」

「そうだな。たまには夜までゆっくりしてもらいたいからな」

気の合う二人で美味しいものを食べて、スパでゆっくりと癒やされてほしい。サプライズとして二人には言わなかったのだが、アロマエステ付きのプランにしておいた。めいっぱい楽しんで来てくれると良いのだが……。

「パパ、ほのとみゆちゃん、アイス食べたい」

「お昼食べてからにして」

笹沼の子どもは二人いて上の子が穂乃美《ほのみ》といって、心優より一つ大きい四歳。下の子は翔央《しょう》といい、希と同じ学年になるが、月齢は下だ。

穂乃美ちゃんが笹沼が持ってきてくれたアイスを食べたいと言っているが、十五時のオヤツにするつもりだった。

「えー、やだなぁ。ほの、食べたい」

穂乃美ちゃんは笹沼の傍に来て、トップスの裾を掴んで引っ張りながら上目遣いで見ている。

「お昼、ちゃんと食べられるか？」

「うん、食べるよ」

笹沼は子どもに甘いタイプらしく、アイスを取り出してあげていた。同じく心優ももらって、スプーンで上手に食べている。そこに希が来て、欲しいと大泣きするが、ももこからはあげて良いとは言われていない。

「のぞは、めーよ！」

泣いている希に対して心優が注意をする。テーブル上にある心優のアイスを取ろうと必死で希は手を伸ばすが、届かずに更にギャン泣きしてしまった。

「はい、どうぞ」

そんな時、穂乃美ちゃんがスプーンで少しだけ掬い、希に差し出す。

「おいち」

止める間もなく、希の口に入ったアイス。希は泣き叫んでいたのだが、一瞬にして泣き止んだ。

「パパ、のぞのおやつは？」

「そうだな、少しだけあげようか」

オヤツが食べたくて泣いた時用にともこから預かっていたビスケットがある。それを希と翔央くんにあげると勢い良く食べていた。

あっという間になくなったので空の袋を見せると諦めたのか、おもちゃで遊び始める。

「危なかったですね」

「元はと言えば、お前が撒いた種だろうが」

笹沼はヘラヘラと笑っていたので、じっと横目で見る。アイスの件、ももこや酒井に知られたらきっとタダじゃ済まない気がする。

「まぁ、無事に収まったんだから良かったってことにしましょうよ。さて、お昼用意してきますから」

「は？　お前、料理ができるのか？」

「少しだけなら。……というか、二人からお昼の用意も任されてましたからね。ササッと用意してきます」

ももこは俺には準備してあるから、としか言っていなかったが、笹沼には事前に連絡しておいたということか？

「何だか不服そうですね」

「……別に」

冷蔵庫にあるから温めて食べてと言われてあったので鵜呑みにしていたが、笹沼は勝手にキッチンに立って何やら始めていた。

笹沼がお昼を準備している間、俺は四人の遊び相手になる。

「パパ、ちゅみき」

希と翔央くんは大きめなプラスチックの積み木を重ねては崩すのが面白いらしく、何度も積み上げては倒して笑っている。

心優と穂乃美ちゃんはお絵描きをし始めたのだが、どこからか水性ペンを持ち出して、何故か洋服にまで滲ませてしまった。

「笹沼ー！　洋服に染みができた！」

「落ちなくても仕方ないので諦めましょう」

キッチンまで聞こえるように声をかけると思いの外、笹沼は冷静だった。

笹沼が作ってくれたのは自分たちの昼食で、子どもたちの分はももこが準備してくれていた。

笹沼は子どもたちが欲しがらないようにツンと山葵の香りの効いたマグロ漬け丼と味噌汁を作ってくれて、子どもたちの昼食を食べさせてから交代で食べる。マグロ漬けの下には細く切られた大葉が敷いてあり、さっぱりとして美味しかった。俺の知らない笹沼の特技は料理だったのかもしれない。

全員が昼食を食べ終わると自宅にいるのが飽きてきた子どもたちを連れて、公園へと足を運んだ。その途中、知らないおばあさんたちに声をかけられ、『可愛いわね』、『あらあら、イケメンなお父さんたちで幸せね』と言われる。おばあさんたちに捕まると話が長く、なかなか抜け出せないことを知った。

自宅に帰ると子どもたちと共に疲れ果て、リビングでみんなでゴロンと横になった。

「ただいまぁー」

「あれ？　みんな寝てるよ！」

玄関の扉が開く音がして目を開けると、辺りはすっかり薄暗くなっていた。ぼんやりとした頭で上半身を起こそうとしたが、フローリングで寝てしまったせいか背中が痛い。

部屋の中が明るくなり、声の聞こえる方向に視線を向けた。

「おかえり」

ゆっくりと立ち上がると二人が帰って来ていた。

二人の気配を感じ、心優と翔央くんが初めに起きて、時間差で他の二人も起きてきた。

「ママァーッ！」

起きた途端にももこを見つけた希は突然泣き出して、しがみつく。それにつられてか、翔央くんも泣き出して酒井の元に駆け寄る。

「二人とも偉かったねー！」

酒井は抱っこしながら翔央くんの頭を優しく撫でて、持っていたガーゼハンカチで涙を拭く。希も、ももこに抱っこされたまま離れようとしない。

二人は充分に満喫したので帰宅したそうだ。その後すぐ、まだ眠そうな二人を連れて笹沼夫妻は帰っていく。

笹沼はももこの分も作り置きしておいてくれたみたいで、冷蔵庫の中にはマグロ漬けが入っていた。ももこは嬉しそうに夕飯時に食べる。

本当だったら夜まで良いと言ってあったのでもっとゆっくりと羽を伸ばしてくるはずだったのに、自分たちのことはさておき、ももこと酒井はデパ地下で惣菜を帰りに購入してきてくれた。

「優希也さん、今日はありがとうございました。アロマエステの予約も入ってたので驚きましたが、おかげさまでお肌がスベスベになりました！」

ももこは夕飯をとりながら、嬉しそうに今日会ったことを話してくれる。

「のんびりできたのか？　俺が不甲斐なくて、心配になって早めに帰宅したのかと思ったのだが……」

「え？　そんなこと微塵も考えてなかったですよ」

ふふっと、まるで天使のように可愛らしく微笑んだももこは、「たくさん満喫できて楽しかったんです。でも、途中で子どもたちに会いたいねって話になって早めに切り上げたんですよ」と続けた。

ももこと酒井は心配はしていなくて、ただ純粋に子どもたちに会いたくなったのだとか。

俺も仕事中に家族に会いたいと思うことはあるが、それよりももっと強い気持ちなのだと確信する。

希も幼いながらにずっと我慢をしていたのか、ももこを見た瞬間に泣き出して甘えていたし、心優もずっとももこの傍を離れない。

どんなに愛情を注いだとしても、母性には負けてしまうな……と思った。

「ももこは良い母親だな」

自分自身にとっては良き妻だが、子どもたちにとっては良き母親であるももこを心から尊敬する。

「そんなことないです。だって、予定よりも早く帰って来たのにデパ地下のお惣菜にしちゃいましたし、アフタヌーンティーとかスパとか、家族を忘れて楽しんじゃいましたから」

「いつも頑張ってくれてるから、それでいいんだよ。またそのうち、労う日を作るからな」

ももこの癒やしになれるのならば俺の疲労感など、どうだって良い。ただひたすら、ももこに尽くしたいのだ。

「今日は子どもたちと一緒にいられて楽しかったし、笹沼の意外な特技も発見した一日だった」

ももこにも俺と笹沼と子どもたちの一日を話した。アイスの件も正直に話したが、これには少しだけ注意を受けた。やはり、ももこは希にはアイスはまだ早いと思っているらしい。

一般的には一歳から一歳半なら与えても良いという意見もあるらしいが、糖分を摂り過ぎてしまうため、甘みが美味しくてご飯をあまり食べなくなる恐れもあり、ももこは避けていたみたいだ。

これからも労う日を実施するのであれば、その他もきちんと調べて考慮した上で面倒を見なくてはいけないと思った。

「労う日も大変ありがたいんですが……」

ももこは言いにくそうに話し出す。

「今度は笹沼家と一緒に出かけませんか？　きっと楽しいと思うんです。連休が取れれば、泊まりがけとかでも」

「プライベートでも笹沼と宿泊するのは気が引けるが、子どもたちは喜ぶかもしれないな」

俺の言葉を聞いたももこは安心したように、満面の笑みを浮かべる。

「私は優希也さんと子どもたちと一緒に過ごす日々が大切なんです」

ももこは家族みんなを大切にしている。だからこそ、ももこの周りに集まる人たちも良い人ばかりなのだろう。

「さて、子どもたちをお風呂に入れなきゃですね！　優希也さん、お願いします」

家族みんなの夕飯が済み、食器を下げ始めたももこ。食器を下げるのを手伝った後は浴室に追いやられた。

「みゆもお風呂行くー！」

「のぞも！」

二人とも後ろからついてきて、幸せを噛み締める。

今日から、ももこのサポートなしに一人で入れる練習も始めよう。

「二人とも、洋服脱がせるから」

「みゆは一人でできるもん」

心優は昨日までは脱がせてもらっていたのに穂乃美ちゃんの影響なのか、自分でやると言い張る。

「そっか、じゃあお願いな」

「のぞもー」

真似をして希も脱ごうとしているが、全然脱げそうもないので手伝ってあげる。

「心優！　一人でできて偉いぞ！」

「……うん。一人でできるよ」

甘えていただけで、心優はもっと前から一人で脱ぎ着ができていたのかもしれない。

微々たる変化にも気づかないといけないものだな。

「あっ！　二人とも、もう脱いでる！」

食器乾燥機に食器を入れ終わったももこが駆けつけると、既に二人は裸になっていた。

「大丈夫だよ、俺も一人で風呂に入れられるから」

「だいじょぶ、だいじょぶ」

心優が俺の言葉を繰り返すと、希も真似しているかのように、「だぶ、だぶ」と同じ言葉を繰り返す。思わず、ももこと二人で笑ってしまった。

こういう些細な出来事も幸せだと感じる。


あまり昼寝をしなかった子どもたちは風呂から上がると欠伸をし始めた。浴室ではのぼせない程度におもちゃで遊び、はしゃいでいたせいもあったかもしれない。

「ふわぁっ、おやちゅみなさい……」

心優が眠そうに目がとろんとしている。希も風呂上がりの麦茶をマグカップで飲みながら、眠りそうになっていた。

「よしっ、今日はパパと寝ようか？」

「やぁ！　ママとがいい」

おやすみの挨拶をした心優を寝室に連れていこうとすると本人から断られた。希を抱っこしているももこの足元にベッタリと絡みつき、断固拒否をしてくる我が家の天使。ももこが寝室へと連れていくと読み聞かせの絵本も開かないまま寝てしまったらしい。

「優希也さん、改めまして……今日はありがとうございました。有意義な時間でした！」

「そうか、それは良かった」

寝る前にメールチェックを済ませてしまおうとノートパソコンの画面を見ていると、寝かしつけが完了して風呂に入ってきたももこが現れた。

「触ってみてください！　エステのおかげで肌がスベスベなんです」

何気なく袖を捲り、俺の前に腕を伸ばしてきたももこ。

「本当だな」

言われた通りに指で触ると、いつもの肌も潤っているけれど、今日は格段ときめ細かい気がする。

「きゃっ！　ゆ、優希也さん……！」

「全身がスベスベなのかと思って」

俺はするりと部屋着の中に指を滑らせる。

「もう！」

上目遣いの可愛い顔で睨まれても全然怖くはない。

「ももこが可愛いことしてくるからいけないんだ。俺にもご褒美をくれないか」

「わ、分かりましたから！　洗いあがった食器を片付けてきてから……」

「駄目！　待てない」

ノートパソコンをそっと閉じて、ももこを自分の元に引き寄せる。

自分にはこんなにも欲があるのかと思うほどに、煽られた分だけ、ももこを抱き潰したくて仕方がない。

元妻のことは本当に申し訳ないと今でも思っている。しかし、俺が幸せになることをどうか許してほしい。

君の分まで、生涯ももこを愛し抜くから――

END

あとがき

こんにちは、桜井《さくらい》響華《きょうか》です。

ついにマーマレード文庫の三冊目の書籍になりました！　お手に取ってくださりありがとうございます。

今回は不動産会社の御曹司ヒーローと潰れかけの旅館の一人娘ヒロインでした。そして、いつもは六歳差をベースにお話を考えているのですが、今回はなんと約十歳差！　しかも、元妻の影もあり……なお話。

元妻の設定につきましては、担当様曰くマーマレード文庫初の先立たれパターンみたいです。

約十歳差とのこともあり、ただ単におじさんの若い子好きみたいな印象にならないようにするのと、元妻とは全く違うタイプのヒロインだったので……、その辺が自分的には苦労した部分かな、と。

けれども、綺麗な顔立ち設定のヒーローだったので、年齢を重ねても素敵なんだろうなぁ……と思いながら執筆したり。

元妻の設定も年の差設定も、読者様の反応はいかがなものかとドキドキしております！

元妻の弟も出てきましたが、奴はちょっと擦れてる系ですね。性格が悪いわけではないと思うので……いつの日か、幸せになってほしいと願います。

どんな展開だろうとも溺愛部分はブレません！　そして、友人、家族も含めみんなが幸せになる物語が好きです。

舞台が旅館だったので、温泉行きたいなぁとか、泊まりに行きたいなぁ……とか思いながら執筆していました。

表紙イラストは南国《なんごく》ばなな先生が担当してくださり、桐野江の鋭い視線と妖艶な色気にきゅんです！　格好よすぎです。ももこも艶々で可愛く描いてくださり、本当にありがとうございました！

マーマレード編集部様をはじめとする書籍化に携わってくださった皆様、読者様、たくさんの方に感謝しております。

お手に取ってくださった皆様に、また幸せな物語をお届けできますように。

桜井　響華

原・稿・大・募・集

マーマレード文庫では
大人の女性のための恋愛小説を募集しております。

優秀な作品は当社より文庫として刊行いたします。
また、将来性のある方には編集者が担当につき、個別に指導いたします。

募集作品　男女の恋愛が描かれたオリジナルロマンス小説(二次創作は不可)。
商業未発表であれば、同人誌・Web上で発表済みの作品でも
応募可能です。

応募資格　年齢性別プロアマ問いません。

応募要項
・A4判の用紙に、8～12万字程度。
・用紙の1枚目に以下の項目を記入してください。
①作品名（ふりがな）／②作家名（ふりがな）／③本名（ふりがな）
④年齢職業／⑤連絡先（郵便番号・住所・電話番号）／⑥メールアドレス／⑦略歴（他紙応募歴等）／⑧サイトURL（なければ省略）
・用紙の2枚目に800字程度のあらすじを付けてください。
・プリントアウトした作品原稿には必ず通し番号を入れ、
右上をクリップなどで綴じてください。
・商業誌経験のある方は見本誌をお送りいただけると幸いです。

注意事項
・お送りいただいた原稿は返却いたしません。あらかじめご了承ください。
・必ず印刷されたものをお送りください。
CD-Rなどのデータのみの応募はお断りいたします。
・採用された方のみ担当者よりご連絡いたします。選考経過・審査結果についてのお問い合わせには応じられませんのでご了承ください。

m a r m a l a d e b u n k o

応募先　〒100-0004　東京都千代田区大手町1-5-1 大手町ファーストスクエア イーストタワー19階
株式会社ハーパーコリンズ・ジャパン「マーマレード文庫作品募集」係

ご質問はこちらまで E-Mail / marmalade_label@harpercollins.co.jp

ファンレターの宛先

マーマレード文庫をお買い上げいただきありがとうございます。
この作品を読んでのご意見・ご感想をお聞かせください。

宛先
〒100-0004　東京都千代田区大手町1-5-1 大手町ファーストスクエア
イーストタワー19階
株式会社ハーパーコリンズ・ジャパン　マーマレード文庫編集部
桜井響華先生

マーマレード文庫特製壁紙プレゼント!

読者アンケートにお答えいただいた方全員に、表紙イラストの
特製 PC 用・スマートフォン用壁紙をプレゼントします。

詳細はマーマレード文庫サイトをご覧ください!!
公式サイト
@marmaladebunko

SNSもチェック!

m a r m a l a d e b u n k o

政略結婚なのに愛し尽くされて!?

ISBN 978-4-596-82346-5

身代わりで結婚したのに、
御曹司にとろける愛を注がれています 吉澤紗矢

姉の身代わりでお見合いをした春奈。大企業の御曹司・亘と夫婦になるも、優秀な姉のようにはなれない後ろめたさから、自分では彼に釣り合わないと感じていた。しかしいざ結婚生活が始まると、「言葉で信じられないなら、態度で示そうか」と亘が情熱的に迫ってきて…!?　寂しさごと心を溶かされた春奈は、彼からの容赦ない溺愛を刻み込まれていき——。

甘くてほろ苦い。キュンとする恋♥　マーマレード文庫　定価 本体650円＋税

m a r m a l a d e b u n k o

クールな旦那様の愛妻欲は加速して!?

ISBN 978-4-596-77590-0

愛さないと宣言された契約妻ですが、
御曹司の溢れる熱情に翻弄されています　葉嶋ナノハ

家の廃業をきっかけに、父の勧めで幼馴染みの御曹司・響介と結婚することになった笑麻。おぼろげにしか覚えていない彼に再会すると、「夫婦間の愛情に期待するな」と突き放されてしまう…。跡継ぎ目的の結婚と割り切ろうと決める笑麻だが、夫婦生活が始まると、響介は予想外の甘さで迫ってきて!?　義務だけの関係なのに、笑麻は彼の帯びる熱に翻弄され——。

甘くてほろ苦い。キュンとする恋♥　マーマレード文庫　定価 本体650円 + 税

マーマレード文庫

政略婚を迫ってきた宿敵御曹司なのに、迸る激愛で陥落させられました

2024年6月15日　第1刷発行　定価はカバーに表示してあります

著者　桜井響華　©KYOKA SAKURAI 2024
編集　株式会社エースクリエイター
発行人　鈴木幸辰
発行所　株式会社ハーパーコリンズ・ジャパン
東京都千代田区大手町1-5-1
電話　04-2951-2000（注文）
0570-008091（読者サービス係）
印刷・製本　中央精版印刷株式会社

Printed in Japan ©K.K. HarperCollins Japan 2024
ISBN-978-4-596-82374-8

m a r m a l a d e b u n k o